目次
contents

苦悶的象徵
——簡介吳爾芙與《燈塔行》

宋德明

維吉妮亞．吳爾芙（Virginia Woof）婚前的姓是史蒂芬（Stephen），西元一八八二年生於英國倫敦。她的父親是十九世紀知名的學者萊斯利．史蒂芬爵士（Sir Leslie Stephen），她的母親茱麗亞（Julia）於一八七八年與他結婚，是他第二任妻子。史蒂芬爵士的亡妻留下一女蘿拉（Laura），茱麗亞攜來與前夫所生之一女二男——史黛拉（Stella）、喬治（George）與傑洛德（Gerald），他們結婚後又生下二女二男，依順序為溫妮莎（Vanessa）、托比（Toby）、維吉妮亞、亞得連（Adrian）。

吳爾芙從小就展現文學方面的天賦，常常編些故事取悅兄弟姊妹。她的父親也很早就看出她的才華，准許她隨意閱讀他藏書房中的書籍。吳爾芙沒有進過正式的學校，她的教育就是藉這樣自修而來。一八九五年茱麗亞去世，給一家人帶來很大的震撼。吳爾芙天性敏感，又很依賴她的母親，因此在此噩耗後陷於精神崩潰的狀態，經妥善療養後才康復。她的父親本來脾氣就壞，遭此打擊後變得更為暴躁。自此之後家務由長女史黛拉操持，但兩年後她也不幸去世，使全家陷入更為困窘的境地。史黛拉原先承接的責任落到溫妮莎頭上，諸多現實的問題使她與她的父親的關係日益惡化。吳爾芙對她父親是有感情，但其中也夾雜著恨意，因為他此時的乖戾情緒已令人難以忍受。當史蒂芬爵士於一九〇四年去世時，吳爾芙再度精神崩潰，而且比前次更為嚴重，其中一個重要原因是她對她的父親充滿了罪惡感。她拒絕進食，並企圖自殺。

當她好轉後，她與溫妮莎、托比、亞得連四人遷居，開始獨立的生活。同時她也開始在報刊發表文章。他們的新居變成一個聚會所，托比常邀請他劍橋的朋友們來此談天，吳爾芙與溫妮莎也參與其中。這些來訪的朋友都是自命思想前進的一群，幾乎無所不談，而且直言無諱。在這一群人中，里頓・史特萊契（Lytton Strachey）後來成為傳記作家；克萊夫・貝爾（Clive Bell）志在藝術評論；戴斯蒙・麥卡西（Desmond MacCarthy）想寫一本偉大的小說，沒有寫成；塞克遜・唐納（Saxon Turner）想在音樂方面有所成就，但後來也一事無成。儘管這些人中有的未來並沒有大作為，但他們長期的交友往來成為二十世紀英國文壇上一個為人津津樂道的文學掌故。他們被當時相關人士稱為「布魯姆斯伯里文藝圈」（The Bloomsbury Group），近年來迭有討論這一文藝團體的著作與當時相關人士的回憶錄發表。在這個團體中，吳爾芙無疑是成就最大的一位。

四個兄弟姊妹的新生活開始沒有多久，又有悲劇降臨到他們身上。一九〇六年他們前往希臘旅行，中途溫妮莎與托比感染上傳染病，溫妮莎後來痊癒，托比則不治而死。這個不幸對於吳爾芙又是一個重大打擊。她親愛的姊姊溫妮莎又旋即決定與克萊夫・貝爾結婚，吳爾芙與她的弟弟亞得連只得再另覓新居。

覓妥居處後，「布魯姆斯伯里文藝圈」的聚會又重新開始，除了當初一些核心分子之外，又有很多其他文人藝士前來參與。這時的吳爾芙不再像過去那樣害羞與沉默，她變得言詞鋒利，自信十足。這一特點證明她已接受並發揚了這一團體所信守的哲理與生活方式。他們希望揚棄維多利亞時期人們的那種假正經與道貌岸然，相信做人應該要在言語與行為方面絕對地誠實與開放。吳爾芙與這個團體中很多異性的朋友（包括她的姊夫）都維持著親密的關係，因為他們的信條之一就是盡量不去區分愛情與友誼。

吳爾芙繼續寫她的報刊文章，同時在朋友的鼓勵下開始創作她第一本長篇小說《出航》（*The Voyage Out*）。在寫作上她是一個完美主義者，一絲不苟。而由於她生性高度敏感，朋友們在評論她的作品時都非常小心，免得傷害到她。

一九一二年，她與雷奧納德・吳爾芙（Leonard Woolf）結婚。雷奧納德早先也是吳爾芙家中聚會的一員，後來赴錫蘭（今斯里蘭卡）任公職。他為了吳爾芙放棄了他的仕途發展與她結婚。他是個性情極好的人，要不是因為他，吳爾芙恐怕不會有日後這樣大的成就。雷奧納德終生鼓勵支持他妻子的寫作事業，是她最強而有力的精神支柱。「每個成功的男人背後都有一個女人」這句話應用在他們身上要改寫。

結婚後沒多久，吳爾芙的精神疾病又發作了。這種病症（癲狂與憂鬱症）注定要糾纏她終生。幾乎沒有例外地，每當她完成一部小說作品時，病症就會發作。可見她在作品中最為重視小說，投下的心血最多，而她在完成一部小說時，常害怕它是失敗之作，精神的壓力使她發病。婚後的第一次發作就是在《出航》接近完成的時候，而且時間延續得相當長，從一九一三年到一九一五年，所以《出航》的出版延遲了許久。吳爾芙相當重視她丈夫對她小說的評價，如果她對自己某作品不滿意，她就要求由他決定是否要出版。

一九一七年，夫妻二人合力創辦了「賀加斯出版社」（The Hogarth Press），開始時只是業餘性質，並且主要是希望對吳爾芙的病有治療效果。擁有這家出版社最大的好處是使吳爾芙不必再向其他出版商低頭，可以隨心所欲地自由寫作。數年之後，出版社經營的成績不惡，使他們夫婦二人信心大增。在英國現代前衛文學的發展上，「賀加斯出版社」也扮演了一個推波助瀾的角色。艾略特（T. S. Eliot）《荒原》（*The Waste Land*）的首版就是由其印行的。

吳爾芙的第二本小說《夜與日》（*Night and Day*）出版於一九一九年。一九二〇年代是她創作力最旺的時期；一九二二年《雅各的房間》（*Jacob's Room*），一九二五年《戴洛維夫人》（*Mrs. Dalloway*），一九二七年《燈塔行》（*To the Lighthouse*），一九二八年《歐蘭朵》（*Orlando*），一九二九年《自己的房間》（*A Room of One's Own*）。接下來的重要作品是一九三一年的《海浪》（*The Waves*）與一九三七年的《歲月》（*The Years*）。最後一本小說《幕間》（*Between the Acts*）是在她死後出版的。

第二次世界大戰爆發之後，吳爾芙的病痛與日加劇。目睹世界愈來愈瘋狂，她生存意志也愈來愈薄弱。一九四一年三月二十八日，她終於投河自盡。

從以上這短短的敘述中，我們可以看到雖然吳爾芙出身世家，但由於家庭的變故，時代的動亂以及她先天性纏身的疾病，她的一生可謂是極其痛苦悲愴的。這些生命的痛苦在她的作品中留下了不可磨滅的印記，我們在閱讀她的作品時也應記住它們是血淚的結晶。下面我就為《燈塔行》作一個大略的介紹。

《燈塔行》是一部大量取材自真實生活的小說。小說中的雷姆塞先生與雷姆塞太太脫胎自吳爾芙的父母。吳爾芙出生的那一年，她的父親在聖艾夫斯（St. Ives）購置了一棟別墅，每年夏天到那兒度假，直到她母親過世後才停止。所以吳爾芙在十三歲以前每年都有機會度過一段歡樂的假期，在她的心中留下深刻的印象。與小說中一樣，別墅旁邊就是海灣，海中也真的有一座燈塔。吳爾芙十歲時編過一個故事，就是《燈塔行》的雛形，大意如下：

一個星期六的早晨，漢特大人與史密斯大人來到別墅，邀請托比大人與維吉妮亞小姐陪同他們前往燈塔，因為該日風平浪靜，頗適出遊；亞得連大人因未被允許陪同前往，甚感失望。

亞得連是史蒂芬家中最小的孩子，後來小說中的詹姆士就是他的化身。小說中敘述雷姆塞夫婦有八個孩子，雷姆塞太太與兩個孩子在小說進行一半時死去，這些情節都與吳爾芙的真實生活相吻合。吳爾芙寫這本小說是一種心理的宣洩，寫就後她卻害怕這本書會是失敗之作，因而度過一段頗為嚴重的精神崩潰期。她自己將它稱為一部悼亡之作，悼念她死去的父母。她的姊姊溫妮莎認為她將父母二人都描寫得相當傳神。當然這並不是說《燈塔行》完全是一部傳記作品，吳爾芙是以她親身度過的經驗作為靈感的泉源，然後加上她自己的想像，使其成為一部獨立的文學作品。

在吳爾芙所有小說作品中，《燈塔行》很早就被肯定為一部傑作，不像她有些其他作品要到近年來才有人給予褒揚。全書區分三個大段落：〈窗〉、〈歲月流逝〉與〈燈塔〉。第一部分篇幅最長，占全書的二分之一以上，第三部分其次，第二部分最短。這樣的結構形同是在跟時間開玩笑，因為第一與第三部分所涵蓋的時間都不到一天，居然占據絕大的篇幅，第二部分涵蓋的時間為十年，篇幅卻最短。如此處理第二部分並不是像電影銀幕上打出「十年後」的字幕交代時間，也不像旁白交代一下十年的事情，而是像是以一連串快速的畫面去表現時間的更迭。這一部分雖然短，但仍是一個自成格局的段落。在其中雷姆塞太太、普璐與安德魯的死亡都是以方括弧括起，三言兩語輕描淡寫地帶過，彷彿這些只是歲月流逝中不經心的一個附註。其實在吳爾芙的成長歲月中，這些死亡事件對她都有莫大的打擊與影響。小說中所要淡化的，正是生命中所難以被抹除的。還有，雖然飄忽而逝的時間看似第二部分的主角，但我們不要忘記是吳爾芙隱形的手在操縱全局，是她決定讓十年匆匆而過。也就是說外在的時間並不是小說情節的主導者，而是視作者的需要而被任意壓縮或拉長。

在第一與第三部分中，涵蓋的時間都很短，而且外在的事件只是構成骨幹與經緯，小說中人物的內心活動才是吳爾芙描述的重點。吳爾芙常常並不直接告訴讀者足夠的訊息，而是讓訊息慢慢地從各個角色的心中吐露而出。譬如說小說一開始，吳爾芙並沒有點名莉莉．布里斯柯在為雷姆塞太太畫像，直到第三節的末尾寫到雷姆塞太太看到莉莉而想起這回事時，我們讀者才知道。這是否意謂吳爾芙企圖將她作者的身影從書中抹去，希望由書中角色來作敘事者，主導小說的進行呢？其實也不見得完全如此。例如小說開始雷姆塞太太說過一段話後，接下來是一大段小兒子詹姆士性格的描寫，這既非由詹姆士本身（他才六歲）也不是由雷姆塞太太敘述，可見我們聽到的仍是作者的聲音。小說的敘述除非是以第一人稱作敘事觀點，否則很難抹除作者的存在。在《燈塔行》中，吳爾芙仍是以全知觀點駕馭全局，只不過她敘述的重心不是外在事件的發展，而是在特定的段落內集中於某個角色內心思緒的運作，然後再移轉到另一個角色作同樣的處理，如此循環地不停進行著。有一位美國學者曾將《燈塔行》中的敘事仔細分析歸納，說在第一部分中雷姆塞太太的敘事占百分之四十二，莉莉的敘事占百分之十三……第三部分中莉莉的敘事占百分之六十一，康敏的敘事占百分之十一……等等。其實這是不正確的。我們在小說中雖然看到人物內心意識的流動、發展，但吳爾芙用的敘事方法仍是第三人稱的客觀敘述。也就是說由作者俯瞰全局，將小說中人物的心理真相展現在讀者面前。

《燈塔行》受人喜愛的一個原因是書中男女二元的對照易令人接受、滿意。讀者很容易說雷姆塞太太與雷姆塞先生代表兩種不同的人生觀，互為補足。雷姆塞太太常被解釋為一個理想女性，她先天具備的溫婉性情與雷姆塞先生實事求是的僵硬態度成為明顯的對照。由於她的存在才使家庭充滿安詳和樂的氣氛。因為第二部分中雷姆塞太太的死，我們在第三部分看到的是失落與追憶——雷姆塞先生以燈塔之旅悼念雷姆塞太太，莉莉則企圖以繪畫喚回雷姆塞太太的靈魂，最後他們二人都達成了願望，連第一部分中對雷姆塞太太不睬不理的卡米凱爾先生都站起來關切雷姆塞先生燈塔之旅。因此就小說本身的形式來看，結局是圓滿的。但是我們不妨追問：為何吳爾芙選擇如此的收場方式？如果我們對於吳爾芙本人的生平有所了解，我們就可以看出她如此安排第三部分的情節是有其心理因素的。在此文學變成一種象徵性的行為，去解決現實中無法解決的難題。在吳爾芙真實生活中，她母親的死對她是永遠的創傷，她父親在晚年與子女愈來愈水火不容。在小說中，吳爾芙藉雷姆塞先生主動帶詹姆士與康敏前往燈塔象徵他的改變，象徵雷姆塞太太雖已不在人間，但她遺留的精神得勝了，主宰著存活的親人；雷姆塞先生的兒女在這次象徵性的旅行中也化解了他們與他之間的衝突；同樣地，莉莉儘管並沒有接受雷姆塞太太忠告她的生活方式——婚姻，但雷姆塞太太成為她精神嚮往的目標，她希望在藝術中重建雷姆塞太太的形象，最後她也成功了，她說她看到了她想看到的景象，而且她藝術的完成是與雷姆塞先生登上燈塔同時發生的。這樣皆大歡喜的結局是否美好得有點不太像真實的呢？換言之，我們應該注意這是人為的，預設的安排。吳爾芙是企圖藉著如此的結局緩和她現實中無法排解的痛苦，用寫作來淨化她錯綜紛亂的心靈。

窗

The Window

I

「好呀，只要明天天氣好。」雷姆塞太太這麼說。「但是你得起得跟雲雀一樣早呦。」她補上一句。

在她的兒子聽來，這些話傳達出一種無比愉悅，好像這趟遠行確定去得成了。看來，他多年盼望的奇景，在一夜的黑暗與一天的航行後，就可以觸摸得到了。詹姆士・雷姆塞此刻正坐在地板上，剪著陸軍與海軍商店附插圖目錄裡的圖片。聽到他母親的話，一張冰箱的圖片在他眼裡變成了天賜的福祐；這是因為，雖然他年紀才六歲，他已經屬於那種無法將這種感覺跟另一種感覺分開的人，他必須要讓未來的遠景，伴隨其喜悅與哀愁，籠罩住他目前手邊的東西。對這種人來說，即使是小小年紀，官能之輪的任何轉動都足以使它所遮蓋或照射的一剎那靜止、結晶。冰箱鑲滿了喜悅。手推車，割草機，白楊樹的聲音，葉子在雨來前變淡了。白嘴鳥在叫，掃帚碰撞，衣服瑟瑟作響——所有這些在他心中都色彩鮮明，清晰可辨，使得他已擁有了他專有的語碼，他的祕密語言。儘管他看起來一絲不苟，高聳的額頭，銳利的藍眼，清明澄淨，對著人類的脆弱皺著眉頭，這使得他的母親，看著他小心翼翼地繞著冰箱圖片剪著，想像他身穿紅貂長袍，坐在法官席上，或是在一場公務危機中指揮著一件重大的事情。

「但是，」他的父親佇立於客廳的窗戶前，說：「明天天氣不會好的。」

要是手邊有把斧頭、火鉗，或是任何能在他父親胸前砍個洞殺死他的武器，詹姆士一定會立刻抓來宰了他。雷姆塞先生只要出現就會在他的小孩心中激起這麼極端的情緒。他站著，瘦得像把刀子，薄得像片刀鋒，譏諷地冷笑；他不但以澆他兒子冷水與嘲笑他的太太為樂（她在任何一方面都要比他好上一萬倍，詹姆士想），而且還矜矜地為他自己的判斷洋洋自得。他說的話總會應驗。一向是如此。他不可能說錯，從不會弄亂事實，也從不會改變一句令人討厭的話來取悅他人，他的小孩就更不用說了。他們是他的子女，應該從小就了解生命是艱苦的。事實是不容妥協的。我們通往太虛幻境，在那兒我們最光耀的希望將被熄滅，我們脆弱的吠聲將要在黑暗中沉沒（想到這兒，雷姆塞先生會挺直他的背脊，瞇起他小小的藍眼往地平線望去），這條路上最需要的是勇氣、真理以及耐力。

「但是也許天氣會不錯，我想會不錯的。」雷姆塞太太說，同時不耐煩地搓著她正在織的紅棕色襪子。如果她晚上能織完它，如果他們真能去燈塔，她要把它送給燈塔看守人的小男孩，他的髖關節感染了結核菌。還要送給他們一大堆舊雜誌，一些菸草，還有那些堆滿屋子卻沒什麼用途的東西，都拿去送給那些可憐的人；他們一定無聊死了，整天坐著，除了擦擦燈，修剪燈蕊，掃掃花園外沒別的事可幹。該拿點東西逗他們高興。想想看，你怎能忍受一整個月，甚至還有更長的時間，關在一個網球場大的岩石上，還要忍受暴風雨？她這麼問。而且沒有信，沒有報紙，看不到任何人。如果結婚了，看不到太太，不知道小孩子怎麼樣了，是不是病了，有沒有摔下來跌傷手腳。一周復一周看到的都是單調的波浪拍打著。然後可怕的暴風雨來了，窗戶上打滿了水沫，鳥兒被風吹撞到燈上，然後整個地方搖晃起來，又不敢探頭到門外看，怕被捲進海裡。你們覺得這樣好嗎？她問，是針對她的兒女們而問。接著她改變語氣說，一定要帶給他們一點安慰。

「風向西邊吹。」無神論者譚斯理說，一邊張開他瘦瘦的手指讓風吹過去。他現在正陪著雷姆塞先生作黃昏的散步，在走廊上走來走去。他的意思就是說，風來的方向是最不適合去燈塔的。是的，雷姆塞太太承認，他說的話令人不高興。他真是太惡劣了，火上加油，使得詹姆士更加失望。但同時她不會讓他們嘲笑他。無神論者，他們叫他：「小無神論者。」露絲嘲笑他，普璐嘲笑他，安德魯、傑斯白、羅傑都嘲笑他。連沒牙的老拜傑都要譏諷他，說（如南西所說的）他是第一百一十個一路追著他們到海布里地群島的年輕人，要是沒人打擾該多好。

「胡扯。」雷姆塞太太嚴厲地說。的確，他們是從她那兒學到誇大的習慣，她也的確是請了太多的人來往，有些還得安置到城裡，但是她不能容忍他們對她的客人無禮，尤其是年輕人。他們都窮得像教堂裡的老鼠，「非常有能力。」如她丈夫所說，都是她的崇拜者，來這兒度假。真的，她保護著所有的男性，探究其原因，有的她解釋不上來，有的是因為他們的豪氣勇武，因為他們磋商條約，統治印度，控制財政，還有因為他們對她的態度——那是任何女人都會感覺愉悅的，那種信賴的，小孩似的敬仰態度；那是年長的女士可以從年輕人身上得到，但是卻不至於因此而喪失尊嚴。有一種女孩最悲哀——祈禱老天爺，她的女兒不會是那種人——她們無法感覺那種價值，以及那種令她刻骨銘心的意念。

她嚴厲地對南西說。他沒有追她們，他是被請來的。

他們必須找到一條路。也許有比較簡單的路，比較不辛苦的路。她嘆口氣。當她照鏡子時她看到她的頭髮變白了，她的臉頰下陷了，五十歲了，她想，也許她可以把事情處理得更好——她的丈夫，金錢，他的書。但是就她自己而言她從不會後悔她做的決定，從不會逃避困難或怠惰責任。她現在看起來真令人畏懼；當她嚴厲地訓完查爾士．譚斯理之後，她的女兒——普璐、南西、露絲——才抬起頭來不再俯視盤子，她們默默地品玩內心所醞釀的反叛想法，想要過一種與母親不同的生活；也許在巴黎；一種比較狂野的生活；不用老是照顧一個男人或其他人；在她們的心中存有一種無聲的懷疑，懷疑服從、豪俠精神、英國銀行、印度帝國、戴戒指的手指與蕾絲花邊。當她嚴厲地斥責她們怠慢那位可憐的無神論者時（那個追逐她們的人，或者，說得更精準些，那位來斯開島作客的人），她們三個覺得有一種美的內涵存在其中，使得她們少女心中的男子氣質顯現出來，在桌前她們母親眼光的注視下，敬畀她那種奇特的嚴厲，她那種極端的謙恭，好像一個王后在汙泥中抬起一個乞丐的髒腳為他洗濯。

「明天不可能上燈塔的。」查爾士・譚斯理說，一面拍打著他的手掌，他現在跟她的丈夫一起站在窗前。真的，他說得夠多了。她希望他們兩個能離開，讓詹姆士跟她能繼續談話。她看著譚斯理。孩子們說他真是一個可憐蟲，身上到處凹凸不平。他無法打板球，他愛管閒事，他走起路來要死不活的。安德魯說他是一個愛嘲笑人的畜生。他們知道他最喜歡什麼——永遠走來走去，跟雷姆塞先生走來走去，說誰贏了這個，誰贏了那個，誰是寫拉丁文詩的一流好手，誰是「優秀的，但我認為基本上不健全」，誰無疑地是「巴利爾最有能力的人」，目前只是暫時在布里斯托或貝德福埋藏他的光芒，但是將來等他為數學或哲學某支派所寫的序言（譚斯理先生說他有最前面幾頁的校稿。雷姆塞先生如有興趣的話可以看）見天日時，一定會出名的。那就是他們談話的內容。

她有時候自己也忍不住笑出來。前幾天她說了一句「波浪高得像山一樣。」「是的，」查爾士・譚斯理說，「風浪是有點大。」「你這樣不是全濕透了嗎？」她說，「有點潮而已，沒有濕透，」譚斯理先生說，一邊捏捏他的袖子，摸摸他的襪子。

但是孩子們說他們在意的並不是這個。不是他的臉，也不是他的儀態。是他——他的觀點。每逢他們談論一些有趣的事情，例如人們、音樂、歷史、任何事，或者只不過是說晚上天色不錯，何不到外頭坐坐，這時候他們最埋怨查爾士・譚斯理，他非要把整個事情轉個頭，好表現自己，貶抑他們，他不這樣幹心裡是不會舒服的。他們還說，他去看畫廊的時候會問別人喜不喜歡他的領帶。「天曉得，」露絲說，「沒有人會喜歡的。」

飯一吃完，雷姆塞先生和太太的八個兒女就像雄鹿一般悄悄溜下餐桌，都回到自己的臥房去了。臥房是他們在這棟屋子中的堡壘，只有在那兒才能享有隱私，可以盡情地談論事情，任何事情；譚斯理的領帶、改革法案的通過、海鳥與蝴蝶、人們。這時候太陽會照進那些閣樓；每間閣樓只用板子隔開，腳步聲聽得清清楚楚，那個瑞士女孩的哭泣聲也聽得到，她父親在格里森山谷裡得癌症快要死了。太陽照亮了蝙蝠、法蘭絨、草帽、墨水瓶、油漆罐、甲蟲、小鳥的頭。釘在牆上的幾束長長起皺的海藻，因為太陽的照射，發出鹽與海草的氣味，浴巾也是一樣，上面滿是游泳過後留下的沙子。

爭鬥、分裂、意見的不同，深植於心的偏見，唉，他們這麼早就開始了，雷姆塞太太哀嘆。她的孩子們這麼愛批判。滿口的胡說八道。她從餐室走出來，手牽著詹姆士，只有他不肯跟其他人去。在她看來全是胡說八道——製造差異。天曉得，就算沒有這些，人們的差異已經夠多了。她站在客廳窗戶旁，心裡想著，人與人之間真正的差異已經夠大了，太大了。這當兒她心中冥想著：富與窮，高與低。出身高貴的人從她這兒得到一些不太情願的尊敬，因為她的血管中所流的血液不正是出自那高貴，又帶點神話色彩的義大利家族嗎？這家族的女兒散布在十九世紀英國的客廳裡，曾如此地迷人地說不標準的英文，又如此狂野地咆哮。她的機智、儀態與性情都是承傳他們的，而不是來自呆滯的英國人，或是冷漠的蘇格蘭人。但是她更深深地思索著另一個問題，富與窮的問題，還有她每週、每天，在這兒或在倫敦親眼見到的事情。她拜訪一位寡婦，或跟另一位辛苦謀生的太太談談。她的手臂拎著皮包，手裡拿著筆記本跟筆，一行行記下她想要問的事：薪水、花費、就業與失業的問題。她不希望自己只作一個與世隔絕的婦人；做善事一方面可以滿足她愛打抱不平的個性，一方面又可以滿足她的好奇心。儘管他／她沒有受過正規訓練，她卻希望成為一個闡明社會問題的研究者——這是她非常佩服的一份工作。

她覺得；那些問題都難以解開；她站在那兒，手裡牽著詹姆士。他們所嘲笑的年輕人，早先跟她進了客廳；此刻他站在桌邊，因什麼事煩躁著，侷促不安，感覺自己什麼都不對勁，她不用看就全知道了。他們走了——孩子們。明黛．道伊爾、保羅．瑞利、奧嘉斯塔．卡米凱爾；她的先生——他們都走了。所以她嘆口氣，轉過頭來說：「譚斯理先生，陪我出去會令你厭煩嗎？」

她要去城裡辦件瑣事，她有一兩封信要寫，她大概要十分鐘左右，她得戴上她的帽子。過了十分鐘，她出現了，帶著她的籃子、她的陽傘，表現出準備好的樣子，準備好出去一遊；不過等他們經過網球場時她得停一會，問問卡米凱爾先生，他正在晒太陽，黃色像貓般的眼睛微張著，反射著移動的樹枝，過往的雲，但是不像有什麼內在的思索或情緒，問問他是不是需要什麼東西。

因為他們要去遠征，她笑著說。他們要到城裡去。「郵票、寫字紙、菸草？」她停在他身邊，試探地問。但是。不，他什麼都不要。他的手緊抱著他的大肚子，他的眼睛在眨，好像他想要和藹地回答她體貼周到的溫柔言語（她很有誘惑力，但有點緊張），但是他沒有辦法。他陷在灰綠色的昏睡中，昏睡圍繞著他們，不需要言語，在廣大的、祥和的、充滿祝福的倦怠中；整棟房子，整個世界，所有在其中的人都籠罩在其中。因為他在午餐時倒了幾滴什麼在他的玻璃杯裡，孩子們想那就是為什麼他乳白色的鬍鬚上有一道鮮明的淡黃條紋。他也什麼都不要，他喃喃地說。

他們走過通往漁村的道路時，雷姆塞太太說他本來可以成為偉大的哲學家，但是他的婚姻不幸福。她直直地握著黑陽傘，帶著一種無法言喻的期待神情走著，好像她就要去跟街角的某個人碰面。她述說卡米爾的故事——在牛津跟一個女孩談戀愛；早婚；窮困；去印度，翻譯一小冊詩集，「我認為譯得很美」；願意教導小孩子，不管是波斯小孩還是印度小孩，但是那有什麼用呢？——然後就是躺在草地上，像他們看到的那副樣子。

這些話令他很高興。別人都對他這麼冷淡，而雷姆塞太太居然會跟他說這些，他覺得很安慰。查爾士．譚斯理恢復了精神。她的話語暗示男性智力的偉大（即使它已在衰敗中），同樣地，她也暗示了所有妻子應該對丈夫的辛勞順服——雖然她並沒有責怪那女孩，而且她相信那婚姻是快樂的。她使得他對自己比較滿意，他以為都沒有辦法使自己這麼高興。要是他們搭了計程車，他會很樂意付錢，至於她的手提包，要不要他替她拿？不，不，她說，她一向都是自己拿的。她一向都這麼做。是的，他感覺得出來。他感覺到很多事情，尤其有件事使他很興奮，使他心亂，但他說不出是什麼原因。他希望她能看到他身穿長袍，披掛垂布，走在行列中。身為大學研究員、教授——他感覺他做什麼事都能勝任，而且看到他自己——且慢，她現在在看什麼？在看一個男人貼一張海報。好大一張不停擺動的紙平貼在牆上，刷子每刷一下就露出新的腿、鐵蹄環、馬、閃耀著紅藍顏色，好平滑，好美，到最後半面牆都被馬戲團的這張廣告給蓋住了。一百個馴馬師、二十隻表演的海報、獅子、老虎……她伸長脖子去看，因為她有近視，她讀出來……「將在本鎮表演。」她驚嘆說，叫一個獨臂人站在梯子頂上做這樣的工作真是太危險了——他的左臂兩年前被收割機切掉了。

「我們都去。」她喊著，繼續往前走，好像那些馬夫和馬匹使她充滿了小孩似的欣喜，使她忘掉了她的同情。

「我們都去。」他重複她的話，清清楚楚地說出來，但是說得很忸怩，她愣了一下。「我們去看馬戲團。」不。他學不像，他沒有那種感覺。但是為什麼沒有？她覺得很奇怪。她是怎麼回事？在這一刻她十分喜歡他。她問：難道他們小時候沒有去看過馬戲團嗎？從來沒有，他回答；好像她問的正是他想回答的，好像這些日子他一直在期盼說他們沒有去看過馬戲團。那是個大家庭，九個兄弟姊妹，他的父親是個勞工。「我的父親開一家雜貨店，雷姆塞太太。」他從十三歲開始就得自己養活自己了。冬天時他常常沒外套可穿去學校。在大學時他從沒辦法「回報別人的款待」（那是他所用的乾硬的字眼）。他必須讓他的東西比別人的耐用兩倍。他抽最便宜的菸草，老頭子們在碼頭抽的那種粗菸草。他辛苦地工作，一天七小時。他現在研究的主題是某件事對某人的影響。他們一直往前走著，雷姆塞太太不太能抓住他的意思，只聽到斷斷續續的一些字……論文……獎學金……講師職位。她無法跟得上他喋喋不休所講的醜陋的學術字眼。但她對自己說她現在知道為什麼說到馬戲團使他不自在，可憐的小男生，還有為什麼他馬上說出那麼多他父母兄弟姊妹的事；她務必要叫孩子們不要再嘲笑他，她會告訴普璐這件事。她想，他所喜歡的是說他如何地與雷姆塞一家人去看易卜生的戲而不是去看馬戲團。他真是個令人討厭的自命不凡的人，一個令人無法忍受的討厭鬼。因為。儘管他們現在已經到了鎮上的大街，馬車隆隆地在圓石子路上滾動，他仍然在說個不停，說他的將來、教學工作、工人、幫助我們同一個階層的人，以及講課的事。一直講到她看出他已恢復了完全的自信，解除了馬戲團所帶來的窘態，而正要（她再度十分喜歡他）告訴她——但這時道路兩旁的房屋稀少了，他們已來到碼頭上，整個海灣在他們眼前展開，雷姆塞太太忍不住驚嘆，「啊，真美！」因為一大片藍色的水面呈現在她的眼前，灰白的燈塔，遙遠而不可親近，立在海中央；右邊，目光所及之處，綠色的沙丘，伴著上面飄懸的野草，正柔軟地，一褶一褶地消退、沉沒，好像將要進入某個月亮的國度，無人居住的國度。

她停下來，眼睛變得愈來愈朦朧，說：那是她丈夫所愛的景致。

她停頓了一下。但是現在，她說，藝術家已經來這兒了。真的，幾步之外的地方就站著一個，戴著巴拿馬草帽，穿著黃色靴子，神情是嚴肅的、溫柔的、專心一致的；儘管有十個小男孩看著他，他圓圓的紅臉上露出無比滿足的神色，注視著，然後，等他注視完，浸他的筆；將他的筆尖浸入一個柔軟的綠色或粉紅色的顏料中。自從班斯福特先生三年前來到這兒，她說，所有的畫都是像那個樣子；綠色、灰色、檸檬色的帆船，還有海灘上粉紅色的女人。

但是她祖母的朋友，她說，（他們通過時她仔細地望了一眼）最辛苦了；他們先得自己混合顏料，然後磨碎，然後把它們罩在濕布裡保持潮濕。

所以譚斯理先生猜想，她的意思是讓他知道那個人的畫用的顏色太少了，人們是不是這樣說的？顏色沒有實體感？人們是不是這樣說的？在那奇特情緒的影響下——那情緒在他們一路走時產生的，在花園裡當他要幫她拿袋子的時候開始，在城裡當他告訴她所有他自己的事時增強——他開始看出來他自己以及他所知道的所有事都變得有點扭曲。真是奇怪。

他站在這個窒悶的小房子的客廳裡；她帶他來的，等著她，她上樓一會兒，去看一個女人。他聽到她在上頭快速的腳步聲，聽到她歡愉的聲音，然後是低低的聲音；他看著蓆墊子、茶葉罐、玻璃杯的罩子。他不耐煩地等著，熱切地期待著回程的種種，下定決心要幫她拿袋子。然後他聽到她走出來，關上一扇門；說他們一定要讓窗戶開著，門要關上，問他們需要什麼（她一定是在跟一個小孩說話）。突然她走來了，站了一會兒沒說話（好像她在上頭是在作假，用一會兒時間讓自己恢復過來），一動也不動地站了一會兒，後面是一張維多利亞女王的畫像，戴著嘉德勳位的藍絲帶。突然他領悟了，是這樣的——她是他所見過最美的人。

她的眼中閃耀著星星，頭髮上戴著紗，還有櫻草花和野生紫羅蘭——他在想什麼鬼東西？她至少五十歲了；她有八個小孩。穿過花朵綻放的原野，將破碎的花蕾與跌倒的羔羊捧到她胸前；她的眼中閃耀著星星，風吹著她的頭髮——他拿了她的袋子。

「再見，艾爾絲。」她說，然後他們走上街道，她直直地握著她的陽傘，走路的樣子就好像她期待在街角會遇見什麼人；而查爾士．譚斯理生平第一次覺得無比的榮耀。一個挖水管的人停下來注視她，讓他的手臂垂下來注視著她。查爾士．譚斯理生平第一次覺得無比榮耀，他感覺到風、櫻草與紫羅蘭，因為他正和一位美麗的女士走在一起。他緊緊抓著她的袋子。

II

「不可能去燈塔了，詹姆士。」譚斯理說，他站在窗前，笨拙地說。但是為了對雷姆塞太太表示敬意，他將聲音放柔和，使他的話聽來至少有點誠懇的樣子。

真是討厭鬼，雷姆塞太太想，為什麼要一直說那句話呢？

III

「也許等你醒來你會發現太陽在照耀，鳥在歌唱。」她滿懷慈悲地說，一面用手整整小男孩的頭髮，因為，她看得出來，她丈夫刻薄地說不會有好天氣的話使他氣餒了。她看得出來他好想去燈塔，然後，好像他丈夫的刻薄話說得還不夠似的，這個討厭鬼又來火上加油。

「也許明天天氣會好。」她順一順他的頭髮說。

現在她所能做的就是讚美他剪的冰箱圖片，還有翻動商店的目錄，希望能看到耙子或是除草機，這些東西有叉尖跟把手，需要很有技巧，很仔細地剪。所有這些年輕人都諧擬嘲弄她丈夫的話，她回想著；他說會下雨；他們就說絕對會有颶風。

但是，正當她翻過一頁，突然她搜尋耙子或除草機的圖片的意圖被打斷了。嘈雜的低語聲，雖然不時被拿出菸斗與放進菸斗的聲音打斷，但她可以確定男人們正在愉快地談話，儘管她聽不到他們說些什麼（因為她坐在窗口）；這聲音已經持續了半個鐘頭，其中各種高低不同的聲音撫慰她、壓著她，就像小孩子在玩板球時球打在球拍上的聲音，以及小孩子此起彼落的喊聲，「怎麼樣？怎麼樣？」現在這聲音停了；因此只聽得拍打在海灘上的單調的海浪。海浪大部分的時間都有節奏地輕敲著她的思緒，而當她與孩子們坐在一起時，海浪似乎具有撫慰力量，一遍又一遍重複著一些搖籃曲的歌詞，由大自然低吟著：「我在護衛你，我是你的依靠。」但是其他時候，尤其是當她的心思悄悄地從手邊的工作擺脫時，海浪突然出乎意料地失去了這種仁慈的意義，反而像是魔鬼的隆隆鼓聲，無情地敲打著生命的節奏，使人想起島嶼被毀滅，被吞噬於海中，也警告著她日子就在一件件工作中滑溜而去，瞬息即逝，如彩虹一般。這個原來模模糊糊隱藏在其他聲音之下的聲音突然空洞的在她耳邊隆隆響起，使她不由得心生恐懼，抬起頭來看。

他們的談話停止了，那就是解釋。就在一秒鐘內，她從扣住她的緊張狀態落到另一種極端，好像是要補償她那沒有必要消耗掉的情緒，她變得冷靜、愉快，甚至有些惡意，她的結論是查爾士．譚斯理被修理了。她一點也不在意。如果她丈夫要求祭品（他確實也需要），她樂意奉上查爾士．譚斯理，那個掃她小兒子興的傢伙。

又過了一會兒，她的頭揚著，她傾聽著，好像她在等待某種她習慣的聲音，某種規則的、機械的聲音；然後她聽到花園中開始響起某種有韻律的聲音，似說似唱的，那是某種介於嘎嘎聲與歌曲間的聲音，這時她的丈夫正在平臺階級踱上踱下，她再度有撫慰的感覺，她確定一切都沒事了。她低頭看她膝蓋上的書，發現到一張有六面刀鋒的小刀的圖片，詹姆士一定得很小心才能剪下它。

突然有一聲大叫，好像是被驚醒的夢遊者發出的，好像是在說什麼。

被砲彈攻擊①這叫聲狂烈地在她耳邊響起，使她不安地轉頭去看看有沒有人聽到他。她高興地發現只有莉莉．布里斯柯在場，那沒有關係。但是看到那女孩站在草地邊畫畫使她想起來；她應該盡力使她的頭保持在同一位置好讓莉莉畫。莉莉的畫！雷姆塞太太露出微笑。莉莉的眼睛小小的，像中國人一樣，臉皺皺的，她永遠不會結婚的，人們也不太嚴肅地看待她的畫，但是她是個獨立的小女孩，雷姆塞太太喜歡她這一點。她想起了她的諾言，把頭放低。

IV

真的，他差點碰倒她的畫架，他一路揮舞著手朝她衝過來，嘴裡喊著「我們大膽地衝過」，但是他很仁慈地急速轉了彎，從她的畫架旁一劃而過，她想他是要去光榮地戰死在巴拉克拉瓦高原上。從來沒有人同時這麼可笑而又嚇人。但只要他維持這個樣子，揮舞著手，大叫著，她就安全；他不會站定不動看她的畫像。而莉莉．布里斯柯就是不能忍受他的注視。即使當他看著人群，看著線條，看著色彩，看著雷姆塞太太跟詹姆士坐在窗前，她都要對周遭保持著警覺，免得有人突然湊近偷看她的畫。但是現在，她保持著警覺，專注看著，直到遠處牆壁與加克瑪娜花的顏色熔入她的眼睛；她察覺有人從屋子出來，朝她過來，但是她從腳步聲知道那是威廉．班克斯，所以雖然她的畫筆顫動，她並沒有把她的畫布蓋到草地上，仍讓它立在那兒。如果是譚斯理先生、保羅．瑞里、明黛．道伊爾或者是其他任何人走過來，她就會將畫布蓋到草地上。威廉．班克斯站到她旁邊。

他們都被安頓住在鎮上，所以每天同進同出，夜深了在門塹前分手；他們談些關於湯的事，關於小孩的事跟其他，這使得他們變成好朋友。因此，當他現在四平八穩地站在旁邊時（他的年紀可當她的父親，他是一個植物學家，太太死了，身上有肥皂味，彬彬有禮，身上很乾淨），她就站在那兒。他就站在那兒。他注意到她的鞋子好極了；它們讓腳趾得到自然的伸展。跟她暫住同一棟屋子裡，他已注意到她是多麼的有條理，早餐以前起來，然後出去畫畫，他相信她總是一個人去畫；猜得出來她很窮，而且當然沒有道伊爾小姐那種容貌與魅

① 英國詩人但尼生（Alfred Tennyson）的詩“The Charge of the LightBrigade”中的詩行。雷姆塞先生後來一再重複的「有人犯了錯」，亦出於同一首詩。這首詩哀嘆在克里米亞戰役中一支英國輕騎隊因人為錯誤（軍令誤傳）而無謂犧牲。

力。但是她有見識，這點使他覺得她要勝過那位年輕的女士。譬如說現在，當雷姆塞比手畫腳呼喊著朝他們逼近時，他確定布里斯柯小姐心中了然。

有人犯了錯。

雷姆塞先生瞪了他們一眼。他瞪了他們一眼，但是好像並沒有看到他們。這使得他們兩人隱隱覺得有些不舒服。他們兩人一起看見了他們並不應該看到的一件事。他們侵犯了個人隱私。所以，莉莉想，班克斯先生也許是為了想走開，不想聽到什麼，因此他立即找個藉口說天氣好冷何不去散散步。她會來，是的。但是她實在很難讓目光離開她的畫。

加克瑪娜花的顏色是明亮的淡紫羅蘭色；牆壁是刺眼的白色。她認為竄改明亮的紫羅蘭色與刺眼的白色是不誠實的，因為她眼中看到的就是如此；雖然自從班斯福特先生來訪之後，人們就將所有東西看成蒼白、優雅、半透明的，一時蔚為風尚。然後在色彩之下就是形體了。她看的時候可以看得如此清楚，如此分明，然而在她手裡拿著畫筆的時候，整個東西就改變了。就在畫與她的畫布之間的一剎那飛逝而過時，魔鬼降臨在她身上，經常逼迫得她想要哭泣，使得這條由意念通往作品的路可怕得像小孩子要通過的黑巷一般，以至於她經常感到她自己——當她奮力抵抗惡運以維持勇氣時——想要說：「但這就是我所看到的，這就是我所看到的。」藉此把一些悲哀的殘餘情景緊扣在她胸前，而一千種力量還竭力要搶走那僅存的靈視。而也就是在那同時，在那清冷的寒風中她開始畫畫時，一些其他的事情逼壓到她的身上——她自己的不足、她的微不足道、看守她父親在布朗路旁的房子。她還得盡力去控制她自己的衝動（感謝天，她到現在都抗拒得住），免得她衝到雷姆塞太太的膝前，告訴她——但是能告訴她什麼呢？「我愛上妳了？」不，那不是真的，「我愛上了這兒的一切。」在圍牆邊揮舞著她的手，向房子揮手，向小孩們揮手。那是荒謬的，那是不可能的。沒有辦法說出想說的話。因此她現在將數枝畫筆平整地放在盒子裡，並排放好，然後對威廉・班克斯說：

「突然變冷了。太陽的熱度好像減少了。」她說，然後四下看看，因為光線還很明亮，草地仍然維持著柔軟的深綠色，房子在草地中央，四周鑲滿了紫色的西番蓮，白嘴鴉從藍色的高空拋下些許的叫聲。但是有東西在移動，發出閃光，在空中翻轉銀色的羽翼。畢竟是九月了，九月中了，而且過了下午六點，於是他們散步走出花園，方向跟平常一樣，通過網球場，通過寬闊的草地，到達寬樹籬的缺口，缺口火紅的撥火鐵棒守衛著，像是火盆裡燃燒著的煤炭，從缺口望去，海灣中藍色的水看起來比平時更藍了。

他們被某種需要所牽引，每天下午都會到那兒去。好像漂浮而去的水使他們在乾燥的土地上停滯的思緒開始駛動，甚至帶給他們的身體某種的舒暢解脫。首先，色彩的脈動使整個海灣湧滿了藍色，心臟隨著它擴張，身體沐浴其中，但只一剎那間又被黑色的，起皺的波浪壓制住，又變冷了。同時，幾乎每天黃昏，在那巨大的黑岩石後面，都會湧起一道白色的噴泉，看著它出現是一大喜悅；同時，當一個人等著它出現時，可以看到在幽暗的半圓形海灘上，一波波的海浪平滑地散出一層層真珠母似的薄膜。

他們站在那兒，兩個人都在微笑。他們兩人感受到共同的歡樂，擺動的波浪使他們興奮；船在海灣裡切了一道弧線，停住了；晃動著；讓它的帆落下；然後，出於一種自然的本能想要完成這幅畫面，在這快速的動作之後，他們兩人都往遠方的沙丘望去，但是並沒有感到愉悅，只有哀愁的感覺——因為整件事只完成了一部分，而一部分是因為遠處景色的壽命彷彿遠超過凝視者百萬年之久（莉莉想），而且已經與注視著沉睡的大地的天空互通款曲。

看著遠方的沙丘，威廉．班克斯想到雷姆塞：想到在威斯特摩蘭的一條路，想到雷姆塞一個人在那條路上大步往前走，帶著他特有的那種孤獨感。但是威廉．班克斯想起來（這一定確有其事），他的前進被一隻母雞打斷了，那隻母雞為了保護牠的一窩小雞，伸出翅膀蓋住它們，雷姆塞看到這場景，停下腳步，用手杖指著牠們說：「很美，很美。」一種奇異的啟迪進入他心中，班克斯想著，它顯示出雷姆塞的質樸，對於卑下的事物富有同情心，但是在他看來好像他們的友誼就在那條路上結束了。在那次之後，雷姆塞結婚了。在那次之後，因為一些緣故，他們友誼中的精髓不見了。他無法說出是誰的錯，只是，過了一段時間之後，重溫舊誼代替了新意；他們只是為了重溫過去而見面。但是當他與沙丘沉默的對談中，他堅持認為他對雷姆塞的情誼並沒有絲毫減少；他們的友誼就像一個年輕人躺在泥炭中達百年之久②，躺在那兒，嘴唇還是紅色的，那麼深刻，那麼真實，躺在橫亙海灣的沙丘上。

他焦慮心憂，一方面是因為這分友誼，一方面是想要使他自己的心中免除一種責難——說他已乾枯，說他已萎縮——因為雷姆塞子孫滿堂，而班克斯沒有小孩，是個鰥夫。他要莉莉·布里斯柯別貶損雷姆塞（在某方面來說他是個了不起的人），同時她也應該了解他們之間的隔閡。他們的友誼在很多年前開始，在一條威斯特摩的路上消退，在那條路上一隻母雞伸出翅膀蓋住小雞；那次之後雷姆塞結婚了，他們分道揚鑣，這的確並不是誰的錯，他們見面時，只為了重溫舊誼。

是的。就是如此。他結束了。他轉頭回來。然後，轉身從另一條路走回去。班克斯先生敏銳地感覺到一些事情，這些事情要不是那些沙丘顯示出他的友誼躺在泥炭中，嘴唇上仍留著鮮紅色，他是不會察覺到的——譬如說，康敏那個小女孩，雷姆塞的么女。她在堤岸上找小甜心愛麗絲。她很狂野、兇猛。她不肯聽女僕的話「拿一朵花給紳士先生」。不！不！不！她不要！她握緊她的拳頭。她頓足。班克斯先生覺得他老了，覺得悲哀，似乎因為她使得他覺得他的友誼不對勁了。他一定是乾枯了、萎縮了。

② 泥炭乾了可當燃料用，因此躺在泥炭中並非全然一無是處。

雷姆塞他們一家並不富有，真是奇怪，他們怎麼能支撐下來？八個小孩！靠哲學養育八個小孩！這兒又是另一個，這一回是傑斯白，從他們身邊走過；他漫不經心地說他要去打鳥，走過時搖搖莉莉的手，像搖唧筒柄的動作一樣，這使得班克斯先生酸酸地說她是最受喜歡的人。還有教育問題要考慮（當然，雷姆塞太太她自己也許能教一些東西），更不用說每天的衣服、鞋子跟襪子的損耗，這些大孩子，都長大了，都是倔強不講理的少年，他們一定需要這些。至於說要弄清楚哪一個是哪一個，排行的順序，他實在是沒有辦法。他私下用英格蘭國王與皇后的綽號來叫他們；邪惡的康敏，無情的詹姆士，公正的安德魯，美麗的普璐——因為普璐有美貌，他想，誰叫她長得那個樣呢？——而安德魯有頭腦。當他沿著車站走時，當莉莉．布里斯柯說是，說不，評斷著他的話語時（因為她愛他們所有人，愛這個世界），他在衡量著雷姆塞的情況，同情他，羨慕他；他好像看到他捨棄了年輕時那種孤傲與嚴峻的榮耀，而被拍動的羽翼與瑣碎的家務事綁住了。它們給了他一些東西——威廉．班克斯承認這一點，要是康敏插朵花在他衣服裡，或是爬上他的肩膀看維蘇威火山爆發的圖片，他一定會很高興的；但是，他的老朋友們不得不感覺到，它們也毀了一些東西。一個陌生人現在會怎麼想呢？這位莉莉．布里斯柯會怎麼想呢？人們難道不是察覺他養成了一些習慣嗎？也許是古怪，也許是怯懦？真是驚人，一個擁有他那樣智慧的人居然會落到這般田地——這句話說得太重了——居然會這麼依賴別人的讚美。

「但是，」莉莉說，「想想他的工作！」

每當她「想到他的工作」，她就清晰地看到一張好大的餐桌在她的眼前。是安德魯做的。她問他，他父親的書都是在講些什麼。「主體與客體與實體的本質。」安德魯說。而當她說天呀，她完全不知道那是什麼意思。「想想一張餐桌吧！」他告訴她，「當你不在那兒的時候。」

所以每當她想到雷姆塞先生工作，她是會看到一張乾乾淨淨的餐桌。它現在被擺在一株梨樹的枝岔間，因為他們已經到達果園。她努力集中心思，不把注意力放在突起的銀色樹皮上，也不放在魚形的樹片上，而是放在那張虛幻的餐桌上，那是一張擦洗乾淨的木桌，所用的木材有紋理，有節瘤，它的美似乎被多年肌理的完整所揭露了，那桌子插立在那兒，四腳朝天。顯然地，如果一個人的日子就在觀看這種有稜有角的東西度過，將火紅色、藍色、銀色、白色雲彩的美麗黃昏縮小成一張白色松木製成的四腳桌子（這麼做是最優秀的心靈的表徵），顯然地，這個人不能以一般人的尺度來論斷他。

班克斯先生喜歡她提醒他「想想他的工作。」他經常想到它。他說過不知多少次「雷姆塞是那種在四十歲之前就已達到顛峰的人。」他在二十五歲時就在一本小書中對哲學作出明確的貢獻了；之後他所作的或多或少都只是擴大、重複罷了。但是，他說，能夠對任何事作出明確的貢獻的人也真的很少。他在梨樹旁邊停下來，一身潔淨，一絲不苟的準確，極度的公正。突然間，好像是經由他的手的動作釋放出來，她心中所累積大量的對他的印象升高起來，她對他所有的感覺像巨大的山崩般倒下。那是一種激情。然後他整個人的靈魂在煙霧中升起。那是另一種激情。她感覺她自己被她強烈的知覺釘住了；是他的嚴峻；是他的仁慈。我完完全全景仰你（她親自悄悄地對他說）；你不自負；你完全客觀；你比雷姆塞先生好；你是我所知道最好的人；你沒有妻子與小孩（她渴望懷抱那分孤獨，不過沒有性慾的衝動），你為科學而活（自然地，馬鈴薯的切片在她眼前升起）；讚美對你是一種侮辱，慷慨的，心靈純淨的，英勇的人兒！但同時她也記得他大老遠一路帶了個男僕到這兒來；不准狗上椅子；他還會連續好幾個鐘頭無聊地講述（直到雷姆塞先生怦然走出房間）蔬菜中的鹽與英國廚子的惡行惡狀。

那麼這一切到底它是怎麼產生的呢？一個人如何評斷別人？如何思考他們呢？一個人如何加上這點，加上那點，下結論說他的感覺是喜歡，或是憎惡？畢竟那些文字又有什麼意義呢？現在站在梨樹邊，顯然是被釘住了。她對這兩個人的印象湧入她的心中，而想要緊追她的思緒就像是要追蹤一個說得太快的聲音，根本來不及記下所說的話；而這聲音就是她自己說話的聲音，並沒有激起真確的、永恆的、矛盾的事情，所以即使是梨樹樹皮上的裂縫與突瘤也無法挽回地被釘在永恆中。你有大度，她繼續說，但是雷姆塞先生完全沒有。他狹窄、自私、自我中心；他被寵壞了；他是暴君；他快要把雷姆塞太太整死了；但是他有你所沒有的（她對班克斯先生說）；一種熾烈的超俗感；他對瑣碎的事一無所知；他愛狗與他的小孩。他有八個。你一個也沒有。有一天晚上他不是穿著兩件外套下來，讓雷姆塞太太將他頭髮修剪成布丁盤的形狀嗎？這一切像一群蚊蚋上下飛舞，每一個彼此分離，但都神奇地被控制在一張可伸縮的隱形網中——它們在莉莉的心中上下舞動，在梨樹的枝椏間舞動，在那兒那張擦洗乾淨的餐桌仍懸吊著，那是她對雷姆塞先生心靈崇高敬意的象徵。最後她的思緒旋轉愈來愈快，終於因它本身的強烈而爆炸了；她覺得被釋放了；一聲槍聲在附近響起，在彈丸的碎片中，一陣騷動，一群受驚嚇的燕八哥飛起來。

「傑斯白！」班克斯先生大叫。他們轉身朝燕八哥飛的方向走去，牠們正在臺階上面飛。隨著天空中四散飛去的快鳥，他們穿過圍牆的缺口，撞見了雷姆塞先生，他像演悲劇般低沉地對他們說，「有人犯了錯！」

他的眼睛因他的情緒變得呆滯，因強烈的悲劇顯得具有反叛性。他的眼睛與他們的眼睛對望了一秒鐘，幾乎要認出他們來；但是他接著就舉起他的手半遮著臉，好像感到羞愧的痛苦，要避開，掃開他們的直視，好像他乞求他們暫時制止他所知道的不可避免的事，好像他要使人他們感覺到他憎惡被干擾的那種孩子氣的情緒；然而即使是在這被發現的一剎那，他不要完全被擊敗，他下定決心要緊抓住這悅人的心緒，這令他羞愧但又令他沉迷的不純淨的狂想曲——他突然轉過身去，砰然闔上了他隱私的門戶，不讓他們進入；而莉莉．布里斯柯與班克斯先生不自在地朝天空望去，看到傑斯白用槍驅散的燕八哥停在榆樹頂上。

V

「就算明天天氣不好，」雷姆塞太太說，她抬起眼睛，瞥見威廉．班克斯與莉莉．布里斯柯經過，「總有一天天氣會好的。」「現在，」她說，她想起莉莉的魅力在於她像中國人的眼睛，斜斜地掛在她白白皺皺的小臉上，但是要聰明的男人才能看得出來。「現在站起來，讓我量你的腿長。」因為他們也許真會去燈塔，她得看看襪子是不是還要高一兩吋。

她微笑著，因為在這一剎那一個令人讚揚的想法閃過她心中——威廉跟莉莉應該結婚——她拿著雜色毛呢襪，襪口還打著十字型的鋼針，在詹姆士的腿上量。

「親愛的，站好。」她說，因為詹姆士嫉妒，他不喜歡充當燈塔看守人的小男孩的量身假人，所以他故意不停地動；他要是這麼做，她怎能看得出是太長還是太短呢？她問。

她抬頭看——是什麼魔鬼附在她最小的、最疼愛的小孩身上？——她看到房間，看到椅子，想到它們都破舊得厲害了。就像安德魯有天說的，它們的內臟都跑到地板上了；但是她問她自己，犯得著買好的椅子，讓它們整個冬天在這裡損耗變潮嗎？因為到時候只有一個老太太看守這屋子。沒關係的；房租正好兩便士五分；小孩們喜歡它；對她丈夫來說，離開他的書房，講課與門徒三千哩（或者如何她必須說得準確，是三百哩）是有好處的；而且也有空間容納訪客。墊子、行軍床、破舊椅子、桌子，它們在倫敦的服務壽命已經結束了——它們在這兒很管用；還有一兩張照片，還有書。她想到書是會自己增多的。她從來沒有時間去讀它們。唉！即使是那些送給她的書，上面還題了詩人的字：「贈給願望必受遵從的女士」……「今日比較幸福的海倫」③……說出來真羞人，她從來沒讀過它們。還有《克魯姆論心靈》與《貝慈論波里尼西亞的野蠻風俗》（「親愛的，站好。」她說）——這些都不能送到燈塔去。有些時候，她會想，房子一定會破舊到非想辦法不可。要是他們懂得擦他們的腳，別把海灘的沙帶進來——那就會好一點。螃蟹，她必須允許，如果安德魯真想研究牠們；或者如果傑斯白相信可用海藻做湯，就不能阻止他；或是露絲的東西——貝殼、蘆葦、石頭；因為她的小孩都有天賦，只是方向不同。她將襪子貼緊詹姆士的腿，嘆口氣，從地板到天花板看看整棟房子，結果就是東西會隨著一個夏季接一個夏季的過去而愈來愈破舊。墊子褪色了；壁紙翻出來了。你沒辦法再說那上面是玫瑰。而且，如果房裡每扇門都一直開著，而且在整個英格蘭沒有鎖匠能修門栓的話，東西一定會損耗的。放一塊綠色的喀什米爾

---

③ 海倫是希臘神話中宙斯與利妲所生的女兒，引發特洛伊戰爭的美女。比喻雷姆塞太太的美貌可與之匹敵，而且比海倫幸運。

披肩在畫框的邊緣上有什麼用處呢？在兩週內它就會變成豌豆湯的顏色了。但是最令她惱怒的是門；每一扇門都敞開著。她側耳傾聽。客廳的門開著；通道的門開著；聽來臥房的門也開著；當然樓梯頂端走廊的門也開著，因為就是她開的。窗戶應該開著，門要關上——就這麼簡單，難道沒人能記住嗎？她晚上會到女僕的房間去看，發現它們緊鎖得像烤爐一樣，只有瑪麗的除外，那個瑞士女孩，她寧願不洗澡也不能沒有新鮮的空氣。但是在家鄉時，瑞士女孩說，「山是如此的美。」她昨晚看著窗戶，眼裡含著淚這麼說。「山是如此的美。」她的父親在那兒快死了，雷姆塞太太知道。他要讓他們變成孤兒了。責罵、示範（如何鋪床，如何開窗，手指像法國女人一樣張開及握緊）。當那女孩說話時，她周遭的東西都靜悄悄地摺起來了，就像是日光下飛行之後，鳥兒的翅膀靜悄悄地收起來，藍色的羽毛由明亮的鋼鐵色轉變成柔和的紫色。她靜靜站在那兒無話可說。他得了喉癌。回想起這一切——她站在那兒，而那女孩說：「家鄉的山是如此的美。」但是沒有希望，什麼希望也沒有——她突然一陣惱怒，嚴厲地對詹姆士說：「站好，別讓我生氣。」他立刻知道她是真的嚴厲起來了，於是他伸直他的腿讓她量。

襪子至少短了半吋，即使索利的小兒子可能沒有詹姆士長得這麼高。

「太短了，」她說，「太過短了。」

從來沒有任何人看來如此憂傷。苦的、黑的，在往下的半途中，在黑暗中，在從陽光到海底深處的光線中，也許一顆淚形成了，一顆淚掉下來；水往這邊動，往那邊動，接收了它，又平靜了。從來沒有人看來如此憂傷。

但只不過像人們所說，是表情而已嗎？在那後面是什麼——她的美貌，她的光輝？他舉槍自殺嗎？他們問，他在他們結婚一週前死去了嗎？——另外一個，較早的一個情人，他的謠言傳入大家的耳朵？或是什麼也沒有呢？只不過是一種無法比擬的美，她活在它的背後，無法去干擾它？因為，在某種親暱的時刻，當強烈熱情的故事，挫敗的愛與受挫的野心的故事帶到她身邊時，雖然她也許大可以說她自己是如何地感受過，經歷過，但是她從來不說。她永遠是沉默的。她知道——她不需要學習就知道。她的單純徹底明瞭聰明人所作的詭詐之事。她心靈的獨特使得她落下石頭般重的鉛錘，如鳥兒般精確地降下，很自然地使得她得以降落在真理之上——那份真理令人愉悅、舒適、穩妥——但也許是錯誤的。

（「自然只有一小塊泥土。」）班克斯先生有一次說。他在電話中聽到她的聲音，非常感動，雖然她只是告訴他火車的事，「就像她塑造你的那一塊。」他看到在電話另一頭的她，像希臘人，藍眼睛，筆直站著。打電話給這樣的一個女人多不調和呀！三位恩典女神似乎聯手在常春花的草地上創造那張臉。是的，他會搭十時三十分尤斯頓的班車。

「但她像是一個小孩一樣，沒有察覺到她的美貌。」班克斯先生說，他放回話筒，穿過房間去看那些工人在他房子後面建造的那座旅館進行怎麼樣了。他看著未完成的牆壁間忙碌的工事，想到雷姆塞太太；因為，他想，她勻稱的臉上總是會出現一些不調和的東西。她匆匆將獵鹿人的帽子戴在頭上；她穿著橡皮套鞋跑過草皮抓頑皮的小孩。所以如果一個人只想到她的美貌，他一定要記得那顫動的東西，那活生生的東西（他看著他們時，他們正將磚塊抬放到一塊小厚板上），並將它放入畫面；如果一個人只想到她是一個女人，他一定要賦與她某種怪癖——她不喜歡人家的仰慕之情；或者假想有某種潛在的慾望想去除她外型的高貴，彷彿她的美貌，男人所說的美貌已令她厭倦，而她只想像其他人一樣，沒有什麼了不起。他不知道。他不知道。他一定要去工作了。

織著她紅棕色的毛襪，鍍金的畫框中荒謬地映出她頭部的輪廓，邊緣上面掛著她拋上去的綠色披肩，還有經鑑定過的米開朗基羅名作；雷姆塞太太撫平她先前嚴厲的態度，扶起他的頭，吻吻她小兒子的前額。「我們來找另一張圖片剪吧。」她說。

VI

但是發生了什麼事呢？

有人犯了錯。

從她的沉思中驚起，她將意義給予那些她原本認為沒有意義的字，它們已在她的心中停駐好久了。「有人犯了錯」——她用她近視的眼睛注視著她的丈夫，他現在正向她逼近，她注視著，直到他的逼近告訴了她（叮噹聲在她的腦中配對）有事發生了，有人犯了錯。但是她怎麼也想不出是什麼。

他顫抖；他顫抖。他所有的自負，所有對他自己的光彩與騎術的滿意如雷般落下，猛如帶隊的老鷹，通過死亡的幽谷，被粉粹了，被摧毀了。被砲聲擊中，我們大膽地衝過，奔馳過死亡的幽谷，射擊，發出雷般巨響——撞見莉莉·布里斯柯與威廉·班克斯。他顫動；他顫動。

她絕對不會與他講話，她看到了一些熟悉的徵兆，他的眼睛避開，他整個人收縮，好像將自己纏了起來，需要找個隱祕處來恢復他的平衡，她看得出他很憤怒，很痛苦。她撫摸詹姆士的頭；她將她對丈夫的感覺轉移到他的身上。當她看到他將陸海軍商店目錄中一張紳士的白襯衫塗成黃色時，她想要是他能變成一位偉大的藝術家，她該有多高興呀；為什麼他不能呢？他有一個很棒的額頭。然後，抬起頭來看，當她的丈夫再次經過她時，她很欣慰地發現毀滅已經被遮蓋了；家庭生活得勝了，日常習慣輕唱它撫慰的曲韻，所以當他再度走來時，他故意停在窗前，彎下腰，突發奇想地想跟詹姆士開玩笑，用一根樹枝逗弄詹姆士赤裸的小腿，她譴責他打發了「那個可憐的年輕人」查爾士·譚斯理。譚斯理得進去寫他的博士論文，他說。

「詹姆士將來有一天也得寫他的博士論文。」他諷刺地加上一句，揮揮他的樹枝。

他用他獨特的方法，嚴厲與幽默的綜合，用樹枝逗弄他小兒子赤裸的小腿。詹姆士恨他的父親，用手撥開搔癢的樹枝。

她想要織完這些煩人的襪子，明天才能送給索利的小兒子，雷姆塞太太說。

明天他們絕對不可能去燈塔，雷姆塞先生暴躁地迸出這句話。

他怎麼知道呢？她問。風向經常會改變。

她這種極端無理性的話，女人心中的這種愚蠢令他發怒。他已經騎過了死亡的幽谷，被粉碎了，顫抖過了；而現在她居然敢公然違抗事實，讓她的小孩期望完全不可能的事情，根本就是在說謊。他在石階上頓足。「妳該死，」他說。但是她說了什麼呢？她只不過是說明天天氣也許會不錯。真的可能呀。

晴雨表往下落，風朝西吹，不可能的。

這樣子追求真理，完全不去體貼別人的感覺。如此放縱地殘酷地扯文明的薄紗，這在她看來是對人類禮儀可怕的觸犯；她感覺暈眩、目盲，她沒有答話，低下頭，似乎要讓落下的鋸齒狀的冰雹與豪雨的汗水濺汙她，她不想去指責。沒有什麼好說的。

他靜靜站在她旁邊。最後，他非常謙卑地說，如果她想要的話，他願意過去問問海岸防衛隊的人。

再沒有任何人比她丈夫更令她尊敬了。

她願意相信他的話，她說。那樣他們就不用切三明治了——只是如此而已。很自然地，孩子們都來找她，因為她是個女人，他們整天來找她，為各種事；一個人要這個，一個人要那個；小孩都長大了；她常常覺得她只不過是個浸滿人的情緒的海綿。然後他說，妳該死。他說，一定會下雨。如果他說，不會下雨，那麼一個充滿安全的天堂會在她眼前展開。再沒有任何人更令她尊敬了。她覺得她連替他繫鞋帶都不配。

雷姆塞先生已經為他暴躁的脾氣感到羞愧，羞愧他率隊攻擊時那種比手劃腳的樣子，他靦腆地再度用樹枝戳他兒子赤裸的小腿，然後，好像他已經得到了她的允許，他跳入黃昏的空氣中（他的動作很奇怪地令他的妻子想起動物園裡的大海獅，吞食了牠的魚之後往後一滾，然後笨重地走開，弄得水槽裡的水波動來波動去）。已經稀薄了的空氣正從葉子與樹籬中吸取物質，但是，像要回報似的，它使玫瑰與石竹恢復了日間所沒有的光澤。

「有人犯了錯。」他再度說，大步邁開，在臺階上走上走下。

但是你聽他的聲調已經作了多大的改變呀！就像杜鵑一樣：「在六月牠會變調」；好像他在試著找出一句新詞來表達他新的情緒，但是手邊只有這一句，只好用它，儘管它已經爆裂了。但是它聽起來真荒唐——「有人犯了錯」——說得像句問話，那麼悅耳，一點也不篤定。雷姆塞太太不得不微笑，不一會兒，不消說，他走上走下，嘴裡哼著唸著，然後就沒有聲響了。

他安全了，他恢復了他的隱私。他停下來，點著他的菸斗，又看了看坐在窗前的他的妻子與兒子，這就像一個坐在特快號火車中的人，將他的眼睛從書頁上抬起，去看一座農莊、一株樹、一堆小屋，好像他們是書頁上某段文字的闡釋、證明，使他可以回到他的書頁，感到堅定、滿意；雷姆塞先生也是如此，他沒有去區分他的兒子或妻子，看到他們就使他堅定，使他滿意，使他奉獻出他的努力，對現在正盤據他卓越心靈的問題達成一個完美而清晰的了解。

那是一顆卓越的心靈。因為如果思想像是一架鋼琴的鍵盤，區分成如此多的音符，或者像是二十六個字母按次序排列，那麼他卓越的心靈可以毫無困難地、堅定地、精確地越過一個一個字母，直到他到達目的地，就譬如說Q這個字母吧。他到達了Q。整個英格蘭很少有人能到達Q。想到這裡，他在裝天竺葵的石瓶旁邊停下來站一下，他看到他妻子與兒子一起在窗前，但是他們現在好像離他好遠好遠，像撿貝殼的小孩，一派天真無聊的樣子，專注於他們腳邊的小瑣事，似乎完全對他所預見的毀滅不加提防。他們需要他的保護；他給了他們保護。但是在Q之後呢？接下來是什麼呢？在Q之後還有一些字母，最後的幾個，凡人的眼睛幾乎是看不到的，它們只在遠處發出紅色的微光。Z在一個年代中只能被一個人企及一次。不過，如果他能到達R也就頗有可觀了。至少這裡有Q。他用他的鞋跟掘了一下Q。Q

他是可以確定的。Q他是可以證明的。那麼如果Q是Q——R——這時他將菸斗裡的菸草倒出來，在羊角做的石瓶把身上鏗鏗敲了兩三下，然後繼續下去。「那麼R……」他振作起來；他收緊他自己。

一條船暴露在酷熱海上，只剩下六片餅乾與一瓶水，或許可以解救這一船人的特質——耐力，正義，遠見，專注與技巧——來援助他了。那麼R是——R是什麼呢？

一扇百葉窗，像一隻蜥蜴皮革似的眼皮，在他強烈的注意前閃動，使字母R變模糊了。在那黑暗的閃光中，他聽到人們在說——他個失敗者——R是他無法企及的。他永遠到不了R。到R，再一次。R——

一個孤單的探險隊橫越冰天雪地的兩極荒地之時，身為領導者、嚮導、顧問所需要的特質——不過於自信、不沮喪，平靜地通盤考慮即將面對的一切，並且就去面對它——來援助他了。R——

蜥蜴的眼睛再度閃動。他額頭上的筋脈突出來。瓶裡的天竺葵變得極為清晰可見，他不期然地看到它的葉中展現出兩種男人的區別——明顯而且為時已久的區別。一邊是具有超人般耐力的那種沉著穩健的人，他們辛苦經營，孜孜不倦，他們按著順序重複所有字母，所有二十六個字母，從開始到結束；另一邊是具有天賦與靈感的人，他們神奇地一瞬間就將所有字母聚攏起來——這是天才的作法。他沒有才氣？他未宣稱自己是天才；但是他有能力，或許曾經有過那種按順序精確地重複A到Z每個字母的能力。同時，他陷在Q上。那麼，繼續走，走到R。

既然雪已開始下，山頂被覆蓋在霧中，隊長知道他必須躺下來，在早晨來臨前死去。某些感受——這些感受已經不會玷辱這位隊長了——悄悄進入他的心中，使他眼睛的顏色轉為蒼白，給予他（即使是他在臺階上轉身的短短兩分鐘）垂垂老年的慘白神色。但是他不願躺著死去；他要找到一處危岩峭壁，他的眼睛注視著暴風雨，企圖穿透黑暗，直到最後一刻。他要站著死去。他永遠到不了R。

他一動也不動地站在石瓶旁邊，天竺葵在上面飄懸。他問自己：在十億年當中究竟有多少人能到達Z呢？當然，一個希望渺茫的隊長可能會問自己那個問題，而且會回答：「也許只有一個」，這樣回答並不算背信於他身後的探險隊。一個時代只有一個。如果他不是那個人，他該受到責備嗎？假定說他已真誠地辛勤工作，盡了他最大的力量，直到他已無力可施？而他的聲名會延續多久呢？即使是一個垂死的英雄也可以在死前想著人們今後會如何談論他。他的聲名也許會延續兩千年。兩千年又是什麼呢？（雷姆塞先生瞪著樹籬看，嘲諷地問。）真的，如果你站在一座山頂俯視時代所留下的殘渣，會是什麼呢？隨便一個人靴子所踢到的石頭都會比沙士比亞流傳得更久遠。他自己小小的光芒將會不怎麼耀眼地閃亮一兩年，然後就會消沒在一道較大的光芒中，而那一道光芒又會消沒在一道更大的光芒中。（他往黑暗中望去，看著錯綜複雜的枝條。）假如說那個孤單隊伍裡的隊長，在死亡使他的肢體僵硬無法再動之前，刻意地將他麻木的手指舉到額前，挺直他的肩膀，使得搜救隊來到時，他們會發現他死在他的崗位，身體美好如一位戰士，那麼誰又能責怪他呢？畢竟他們已經爬得夠高，看到時代的殘渣、星球的殞滅。雷姆塞先生挺直他的肩膀，筆直地立在石瓶旁。

假如他就這樣站立一會兒，思考著聲名，思考著搜救隊，思考著他感恩的門徒在他的屍骨前設立的紀念石碑，誰會責怪他呢？假如那注定失敗的探險隊的隊長已經作了最大的冒險，用盡了最後的一分氣力，倒下去睡著了，絲毫不在意他是否能醒來，假如他現在因為他的腳趾的刺痛而察覺他仍然活著，而且大致上來說他並不反對活下去，但是他需要同情，需要威士忌，需要立刻有個人來聽他苦難的故事，誰又會責怪他呢？誰又能責怪他呢？當英雄脫下他的甲冑，停在窗邊，注視著他的妻子與兒子，他們起先很遙遠，然後漸漸地愈來愈近，直到他們的嘴唇、書與頭部都清楚地呈現在他眼前，雖然仍是非常可愛，但是他們不明瞭他強烈的孤獨感。時代的殘渣與星球的殞滅。終於，他將菸斗放入口袋，對著她低下他卓越的頭——看到這種情景，誰會不暗自高興呢？如果他對世俗的美表示敬意，誰會責怪他呢？

VII

但是他的兒子恨他。他恨他來到他們面前，恨他停下來看著他們；他恨他打斷了他們；他恨他擺出高尚雄偉的姿態；恨他卓越的頭腦；恨他的精確與自負（因為他站在那兒，要他們注意他）；但他最恨的是他父親那種情緒的尖銳與緊張，在他們的四周顫動，擾亂了他與母親關係間那種完美的純樸與良善。他死盯著書本看，希望藉此叫他滾開；他用手指指著一個字，希望藉此喚回他母親的注意力，因為他很生氣他父親一停下來，母親的注意力就立刻渙散了。但是不。沒有任何事情能使雷姆塞先生走開。他站在那兒，要求同情。

雷姆塞太太原先將他兒子攬在臂中，自在地坐著，現在她提提精神，半轉個身，好像要用些氣力使自己站起來；就在這一刻間她似乎將一股活力，一排水花筆直地注入空氣中，同時她看起來生氣勃勃，好像她所有的活力都融合成一股力量，燃燒著，照耀著（雖然她安靜地坐著，再度拿起她的襪子），而男性致命的貧瘠、光禿、了無生趣，如黃褐色的鳥嘴投入這悅人的豐饒中，投入這生命的泉源與水花中。他要求同情。他是一個失敗者，他說。雷姆塞太太閃動著她的針。雷姆塞先生一直注視她的臉，重複地說他是一個失敗者。她將話語投回給他。「查爾士・譚斯理……」她說。但是他要的不只是那個。他要的是同情，他首先要被肯定他的天才，然後要被帶進生活圈中；他要得到溫暖，得到撫慰，使他的感覺恢復，使他的貧瘠變得豐饒，而屋中所有的房間要充滿生命——客廳；客廳後面是廚房；廚房上面是臥房；再上面是小孩的房間；它們一定要被充實，它們一定要被生命所充滿。

查爾士．譚斯理認為他是這時代最偉大的玄學家，她說。但是他要的不只是那個。他一定要被肯定他也活在生命的中心；他是被需要的；不僅是這裡需要他，而且全世界都需要他。雷姆塞太太閃動著她的針，挺著背，滿懷自信，她創造了客廳與廚房，賦與他們色彩；她要他在那兒放寬心，進去，出來，自得其樂。她笑，她織。詹姆士僵硬地站在她的膝蓋間，感覺到她所有的力量閃耀出來，等等被黃褐色的鳥嘴喝掉，被像鑾力一樣瘦削的男性消滅，它無情地敲擊著，一遍又一遍，要求同情。

他是個失敗者，他重複說。那麼，看看吧，感覺吧。雷姆塞太太閃動著她的針，看看四周，看窗戶外面，看房間裡，看詹姆士他自己；她用她的笑、她的鎮定、她的自信，在懷疑的陰影上，向他保證（就像是一位保姆提著燈穿過一間黑暗的房間向一個壞脾氣的小孩保證）那是真的；這房子是充實的；花園在開花。如果他對她有絕對的信心，沒有任何東西會傷害他；無論他將自己埋得多深，爬得多高，他絕不會有片刻發現他身邊沒有她。她如此誇張她環抱與保護的能力，於是幾乎沒有留下她自己的一片外殼讓她去認識她自己；所有都如此浪費了，豁出去了；而詹姆士，當他僵硬地站在她膝蓋間，感覺到她有如一株玫瑰花錦簇的果樹般升起，四周圍繞著樹葉與飛舞的枝條，而黃褐色的鳥嘴，瘦削如彎刀的父親，自我中心的男人，投入其中敲擊，要求同情。

他像一個心滿意足而後離開的小孩，心中充滿了她的話語，他用謙卑的感激之心望著她；他恢復了，更新了。於是，他對她說他要去轉一圈；他要去看小孩打板球。他走了。

他一走，雷姆塞太太好像就立刻將自己包了起來，一片花瓣緊靠著另一片花瓣，而整個組織因疲累倒在它自己上面，以至於她只剩下僅存的力量去移動她的手指，從極度的放縱到疲累，去翻格林童話故事的書頁；同時她全身悸動著，因成功的創造所帶來的狂喜而悸動，如同一個彈簧的震動已擴張到最大的寬度，漸漸地徐緩停止它的震動。

當他走開時，這脈動的每一條悸動都圍繞著她與她丈夫，並且給予兩個人一種慰藉，那種慰藉就像是兩個高低不同的音符一起被敲擊，被組合時所互相給予的那種慰藉。但是，當共鳴結束，當她再度回到童話故事時，雷姆塞太太不僅覺得身體疲憊（事後，而非在當時，她總是感覺如此），而且在她身體的疲憊上還沾染著某種模糊的不愉快的感覺，這種感覺是源自別處的。這並不是說，在她大聲讀著漁夫的妻子的故事時，她確知它從何而來；而當她知道它來自何處，當她讀完一頁，停下來，聽到浪濤沉重的、不祥的落下時，她也不會讓她自己將她的不滿說出來。她明白它來自這兒；她不喜歡（即使是一秒鐘）覺得自己比丈夫好；而且，在她對他說話時，她不能忍受不完全確知她所說的是否是對的。大學與人們需要他，講課與書籍以及它們的極高重要性——所有這些她絕對不會有片刻去懷疑；但是使她不舒服的是他們的關係，是他那個樣子來到她跟前，大家都會看到；因為這樣一來人們會說他依賴她。而事實上他們一定要知道在他們兩人之中他絕對是重要的，而她所給予這個世界的東西，與他所給予的比較之下，是微不足道的。但是，另外還有一件事——她無法告訴他事實真相，譬如說，她害怕告訴他花房屋頂的事，修理費大概要五十英鎊；然後是關於他的書，她害怕他也許會猜測，就像她有一點懷疑，他上一本書恐怕不是他最好的書（她是從威廉．班克斯那兒知道的）；然後就是隱瞞一些日常瑣事，小孩子都看到的瑣事，以及壓在他們身上的重擔——這些都會削減那兩個音符同時響起時所散發的全然喜悅，純粹的喜悅，使得那聲音現在從她耳際陰沉單調地消失了。

書頁上出現一個陰影；她抬起頭看。是奧嘉斯塔．卡米凱爾拖著腳走過去，偏偏在這個時候，正當她覺得人與人關係的不足是件痛苦的事，想到最完美的東西也有瑕疵，不堪仔細審視；她愛她丈夫，於是她本能地厭惡這番審視；當她感到自己被判定為無足輕重，而她正常的運作遭受這些謊言、這些誇張言辭所阻礙，她內心十分痛苦——就在這時候，當她在狂喜後覺得如此卑賤而煩躁不安，卡米凱爾先生拖著黃色拖鞋走過去，而她心中的某個魔鬼驅使她在他通過時喊出：

「進屋子去嗎，卡米凱爾先生？」

VIII

他一句話也沒說。他抽鴉片。孩子們說他抽得鬍子都染黃了。也許。在她看來這個可憐的人很明顯是不快樂的，他每年來到他們這裡是一種逃避；但是每年她都感覺到同樣一件事——他不信賴她。她說，「我要去鎮上，要不要我給你帶郵票、紙張、菸草？」而她感覺到他在退縮。他不信賴她。這都是因為他的妻子，她記得他的妻子憎惡他。她親眼看到聖約翰森林中那間可怕的小屋子裡，那個可憎的女人將他趕出去，她看到時整個人像鋼鐵一般僵硬了。他披頭散髮，他老是把東西掉在衣服上；他是個討厭的老頭子，無所事事；於是她將他趕出房子。她用那令人厭惡的模樣說，「現在，雷姆塞太太和我想一起談一談。」雷姆塞太太可以看得出來，就像在她的眼前一樣，他生命中的無數悲哀。他有沒有足夠的錢買菸草？他需不需要跟她拿一些？五先令？十八便士？唉，她真不敢去想她曾令他感到羞辱。而現在他總是（她猜不出為什麼，可能是因為那女人的緣故）躲避著她。他從不告訴她任何事情。但是她又還能做些什麼呢？他們給他一間陽光充足的房間。孩子們都對他很好。她從來沒有表示出一點不要他來的意思。她刻意對他友善。你需要郵票嗎？你需要菸草嗎？這兒有一本書你也許會喜歡，諸如此類的。而畢竟——畢竟（這時她不知不覺地收緊她的身子，因為她感覺到她自己的美貌，她平時很少有這種感覺）畢竟，一般來說，她要讓人們喜歡她是沒有什麼困難的；譬如說喬治．曼寧；華理士先生；儘管他們很有名，他們會在某個晚上靜靜地來到她的屋子，在她的爐火邊單獨和她談談話。她心裡明白她隨身帶著她美貌的火炬；她將它筆直地帶進她走入的任何一個房間；畢竟，儘管她想遮蓋它，逃避它所施加於她的那種單調的舉止，但是她的美貌是很明顯的。她被讚賞，她被愛。她曾走入哀悼者坐著的房間。眼淚在她的面前流出。男人與女人都去除了事物的多樣性，讓他們自己與她享受單純的慰藉。他的退縮傷了她的心；它傷害了她。但這是沒有道理的，不對的。那就是她所介意的。而且又是在她想到她與丈夫的不如意時來火上加油；當卡米凱爾先生拖著黃色拖鞋走過，手臂下夾著一本書，對她的問題只是點點頭，她覺得她被懷疑了；她感到她想付出，想助人的慾望都只是虛榮而已。她如此本能地希望去助人，去付出，以至於人們談到她時會說，「啊，雷姆塞太太！可愛的雷姆塞太太……雷姆塞太太，當然！」他們需要她，請她幫忙，讚美她，難道她做這些都只是為了自我的滿足嗎？那是不是她潛藏在心中的希望？因此當卡米凱爾逃避她，像他此刻所做的，退避到某個角落去寫他寫不完的離合詩句，她不僅本能上覺得被奚落了，而且使她明瞭了她某部分的渺小以及人際關係的脆弱；明瞭了他們是多麼的有缺陷，多麼的可鄙，多麼的自私自利，儘管他們所表現出來的是最好的一面。破舊了、老了，不再是令人悅目的景象（她的臉頰凹陷了，她的頭髮白了）；她最好還是專心講漁夫與他妻子的故事，好平息那一綑敏感的包裹——她的兒子詹姆士（她其他的小孩都不像他這麼敏感）。

「那個男人的心情變得沉重，」她大聲讀，「他不想去。他對自己說，『那是不對的。』然而他還是去了。當他走到海邊，海水呈現出紫色與深藍色，還有灰色，水很濃稠，不再是綠色與黃色，但是仍然很平靜。於是他站在那裡說——」

雷姆塞太太也許希望她丈夫不要選擇那一刻停下來。他為什麼不照他自己說的去看孩子們打板球呢？但是他沒有說話；他注視；他點頭；他讚許；他繼續走。他看到前面的樹籬，它一遍又一遍地完成某種停頓，標示某種結論，他看到他的妻小與小孩，他再度看到長著天竺葵的石甕，天竺葵就這樣經常地點綴著思想的程序，如此繁茂，寫在它們的葉子中，就好像它們是一片片的紙張，一個人匆匆閱讀時在上面作下筆記——看到這一切，他滑進他的思緒（《泰晤士報》上一篇文章所提到的），猜想每年參觀莎士比亞故居的美國人的數目。如果莎士比亞不曾存在過，他問，這個世界會與它今天有很大的不同嗎？文明的進步需要依靠偉人嗎？現在一般人的命運是不是比法老王的時代好呢？然而，他問他自己，一般人的命運是我們判斷文明進程的標準嗎？也許不是。也許最好的時代需要有奴隸階級的存在。地下鐵中的電梯司機是永遠有必要的。這想法令他覺得可憎。他揚起頭。為了要逃避這種想法，他要找到某種貶損藝術卓越性的方法。他要辯稱世界是為了一般人而存在的；藝術只是在人的生命頂端所施加的一種點綴；它們並不能表達生命。莎士比亞對生命而言也是沒有必要的。他不確知他為什麼要貶損莎士比亞去解救永遠站在電梯門旁的人，因此他用力地從樹籬上摘下一片葉子。這些想法在下個月都要告訴卡地夫的莘莘學子，他想；在這兒，在他的臺階上，他只是在搜尋，在野餐（他惱怒地將他剛剛摘的葉子丟掉），就像一個人坐在馬上俯拾一串玫瑰花，或是當他自在地在他自小熟悉的鄉村小徑與原野間漫步時，將他的口袋塞滿核桃。到處是熟悉的景象；這個轉彎，那條階梯，那條穿過原野的捷徑。在一個黃昏，他可以這樣度過好幾個小時，帶著他的菸斗，一面思考一面走過古老熟悉的小徑、公共草地；它們到處充塞著歷史，那兒的一次戰役，這兒的一位政治家的生活，充塞著詩篇，軼事，人物，這位思想家，那位戰士；一切都非常鮮活，清晰；但是最後小徑、原野、公共草地、果實纍纍的核桃樹與盛開花朵的樹籬引導他走向另一個轉彎處，他總是在那兒下馬，將馬栓到樹上，然後單獨步行向前。他到達了草地的邊緣，眺望下面的海灣。

那是他的命運，他的特質，不論他是否希望如此，他必須來到這塊被海洋緩緩吞噬的海神上，站在那裡，孤單如一形單影隻的海鳥。那是他的力量，他的天賦；他突然卸去所有累贅，萎縮，變小，使他看來更是一無所有，更感覺遺世孤獨，甚至軀體即將消散，但是卻沒有失去他心靈的熾烈。他如此地站在那片狹小的基地上，面對著人類無知的黑暗，我們是如此地一無所知，而海洋就在吞噬著我們所站的地面——那是他的命運，他的天賦。但在他下馬時，他已經丟棄了所有的姿態與矯飾，所有核桃與玫瑰花的戰利品，萎縮了，遺忘了聲名，甚至遺忘了他自己的名字；他在那孤獨中仍然維持著警覺，不帶任何的幻影，不沉溺於任何的景象，而也正是這副形貌使他激發起威廉・班克斯（斷斷續續地），查爾士・譚斯理（諂媚地）與他的太太（當她現在抬起頭來看到他站在草地的邊緣上）對他的崇高敬意、悲憫與感激，就像一根被丟到海鷗棲息與海浪衝擊的海峽中的木頭，激起一艘快樂船貨的感激之情，因為它承擔了責任，孤單地在水流中做測定海峽的工作。

「但是八個小孩的父親無所選擇……」他稍微高聲地自語，他突然停止了，轉過身，嘆口氣，揚起他的眼睛，找尋讀故事給小兒子聽的妻子的身影；他填滿他的菸斗。他從人類的無知，人類的命運與海洋吞噬地面的景象轉過身來，他如果能持續地思考它們，也許能導出什麼結果；他現在從瑣事中尋找安慰，這些瑣事與剛才在他面前的高貴主題相比是如此地渺小，以至於使得他想擺脫那種舒適，去貶斥它，就好像身處一個悲慘的世界居然還能感到快樂，這對一個誠實的人來說是一件最可鄙的罪惡。那是真的；他大多數時間是快樂的；他有妻子；他有孩子；他保證六週後要對卡地夫的年輕人「胡扯一番」，談談洛克、休姆、柏克萊、以及法國大革命的起因。但是這些東西，他所創作的詞語，青春的熱情，他妻子的美貌，還有從史灣西、卡地夫、艾克斯德、南安普頓、基德敏斯特、牛津、劍橋所傳來的對他的盛讚，這一切所帶給他的愉悅都必須加以貶抑，要隱藏在「胡扯一番」這句話之下，因為事實上他還沒有做到他所要做的事。「胡扯一番」的說辭是一種偽裝，一個害怕自己的感覺的人，不敢說「這是我所喜歡的東西——我就是如此」，於是那種說辭就是一個庇護所；而在威廉．班克斯與莉莉．布里斯柯看來，他滿可憐，滿可憎的，他們奇怪為什麼有必要如此隱藏呢；為什麼他總是需要讚美之詞；為什麼在思想上如此勇敢的人在生活中如此膽怯；真是奇怪，他既令人尊敬，同時又令人好笑。

教學與講道是超越人類的力量，莉莉猜想。（她收拾她的東西）如果你被抬得高一定會摔得重。雷姆塞太太輕易地給了他所要的東西。那麼，若有所改變一定會令他困擾的，莉莉說。他從他的書本裡走出來，發現我們在玩遊戲，在胡扯。想想看那與他所思考的東西是多麼不同呀，她說。

他逼近他們。現在他停住、愣愣地站著，沉默地注視著大海。然後他又轉身走了。

IX

是的，班克斯先生說，一面看著他走掉。真是可惜。（莉莉說了些他嚇著她的事——他會突然地改變他的情緒。）是的，班克斯先生說，真可惜雷姆塞的行為不能稍微像其他人一點。（因為他喜歡莉莉．布里斯柯；他可以很公開地與她討論雷姆塞。）就是為了那個原因，他說，年輕人不再讀卡萊爾了。一個壞脾氣愛抱怨的老頭子，粥冷了就要發脾氣，他憑什麼向我們講道？這就是班克斯先生所了解今天年輕人所說的話。如果你跟他一樣認為卡萊爾是人類的偉大導師之一，真是非常可惜。莉莉很羞於開口說她進學校以來從沒有讀過卡萊爾。但在她看來，一個人只要想想他的小手指痛時一定搞得好像世界末日了，就會比較喜歡他。她所在意的不是那一點。因為誰會被他欺騙呢？他相當公開地要求你恭維他，讚美他，他那一套騙不了任何人。她所不喜歡的是他的狹隘、他的盲目，她看著他的背影說道。

「有點像個偽君子？」班克斯先生試探地說，他也看著雷姆塞先生的背影。他難道不是正在想著他的友誼，想著康敏不肯給他一朵花，以及那些男孩與女孩，還有他自己的屋子，曾經充滿著安樂，但是，自從他妻子死後，變得靜悄悄的？當然，他有他的工作……不過，他還是希望莉莉同意他所說的，雷姆塞有點像個偽君子。

莉莉．布里斯柯繼續收拾她的畫筆，眼睛看上看下。往上看，他在那兒——雷姆塞先生——朝他們前進，搖擺、粗心、渾然忘我、遙遠。有點像個偽君子？她重複說。噢，不是——最真誠的人，最實在的人（他在這裡），最好的人；但是，往下看，她想，他只注意他自己，他像個暴君，他不公正；他繼續刻意地往下看，因為只有如此她才能保持穩定，與雷姆塞夫婦共處。一抬頭看到他們夫婦，她所說的「沉浸於愛河中」就淹沒了他們。他們變成了那不真實但又尖銳而刺激的宇宙的一部分，那是經由愛的眼睛所看到的宇宙。天空緊貼著他們；鳥兒在他們中間歌唱。當她看到雷姆塞先生走來又走去。看到雷姆塞太太與詹姆士坐在窗前，雲在飄，樹在點頭，她感覺到更為令人興奮的是；生命是由個人各別經歷的分離小事件所組成，然後捲曲成為一個整體，就像一道浪濤以它對海灘的一次衝擊將人舉起，將人拋下。

班克斯先生期待她回答。而她正要說一些批評雷姆塞太太的話，說她是如何地令人驚恐，如何專橫霸道，或諸如此類的這些話，但現在她已不需要說了，因為班克斯先生已進入狂喜的狀態。他居然還會如此，想想他的年紀，已過了六十歲，想想他的潔淨，他的客觀，以及那似乎套在他身上的科學白衣。對他來說，注視著（莉莉看到他注視著）雷姆塞太太是一種狂喜，莉莉感覺那相當一打年輕人的愛意（雷姆塞太太也許從未曾激起一打年輕人的愛意）。她假裝移動她的畫布，她想，那是愛，精煉的愛，過濾過的愛；那是從不曾企圖抓住它的對象的愛；這種愛就像數學家對他們符號的愛，或是詩人對他們詞句的愛，是預備要鋪展到世界上，變成人類收穫的一部分。那份愛的確是如此。要是班克斯先生能說得出為什麼那個女人令他如此愉悅，這世界無論如何一定會分享到這份愛；為什麼她讀著童話給她小兒子聽的景象對他的功效有如解決了一個科學問題，使得他憩息於對它的沉思中；而且他此刻的感受就如同他徹底證實了某些植物的消化系統問題之後一樣，他覺得野蠻被馴服了，混沌的統御被擊潰了。

這樣的一種狂喜——因為一個人還能用什麼別的名詞來稱呼它呢——使得莉莉·布里斯柯完全忘記了她所要說的話。它一點也不重要；是關於雷姆塞太太的一些事。它在這「狂喜」旁邊變的黯淡了；這沉默的注意使她覺得無比感激；因為沒有任何東西能像這崇高的力量，這神聖的天賦如此地慰藉她，減輕她生命的困惑，並且奇蹟地解除生命的重擔，而在它持續時，一個人是不會去擾亂它的，就好像沒有人會去截斷橫亘在地板上的陽光。

人能如此地去愛，班克斯先生能對雷姆塞太太有這種感覺（她瞧見他在沉思），這是有幫助的，這是令人振奮的。她刻意地像做苦工似地將畫筆一根根在一塊舊抹布上擦拭。她以涵蓋所有女性的敬意作為她的庇護所；她感覺自己受到讚美。讓他注視吧；她要偷偷看她的畫。

她大可哭一場。它很糟，它糟透了！當然她應該可以把它畫得不同；顏色可以淺一點，淡一點；形體可以輕靈一點；班斯福特眼中所見的可能就是如此。但是她眼中所見不是那樣。她看到色彩在鋼鐵的框架中燃燒；一隻蝴蝶翅膀的光停在大教堂的拱門上。那些之中只有幾個隨意塗上的點留在畫布上。它永遠無法擺出來讓人看；甚至於永遠不可能被懸掛起來，而在她的身邊響起譚斯理先生的低調：「女人不能畫，女人不能寫……」

她現在想起來，關於雷姆塞太太她要說的是什麼了。她不知道她會怎麼說；但她一定是會說些批評的話。有天晚上她很為雷姆塞太太的專橫所氣惱。順著班克斯先生注視的目光看過去，她想沒有任何女人會像他那樣崇拜另一個女人；她們只能在班克斯先生涵蓋在她們兩人之上的遮蔭下尋求庇護。順著他的目光看去，她在那上面加了她不同的目光，她想雷姆塞太太毫無疑問地是最可愛的人（低著頭唸著書）；她也許是最好的；但又跟一個人所看到在那兒的完美形體有所不同。但是為何不同，有何不同呢？她問自己，一面刮掉她調色盤上那些結塊的藍色綠色顏料，它們現在看起來都是一塊塊沒有生命的東西；但是她發誓明天她要激發它們，強迫他們移動、流動、聽命於她。她有何不同呢？她有什麼樣的精神，最精隨的一樣東西；透過它，如果你在沙發一角發現一只手套，從它扭曲的手指，你就可以判定絕對是她的？她就像一隻追求速度的鳥，一支追求一射命中的箭。她很剛愎；她喜歡發號施令（當然，莉莉提醒她自己，我是在想她與女人的關係，而我年輕得多，是個無關重要的人，住在布朗頓路邊上）。她打開臥房的窗戶。她關上門。（她腦中在思索，企圖唱出雷姆塞太太哼的曲子。）深夜時分來到，輕輕地敲臥房的門，身上裹著一件舊毛皮大衣（因為她的美貌總是那樣——匆促，但是恰當），她會再扮演她自己的角色，不論扮演的是什麼——查爾士・譚斯理丟了他的傘；卡米凱爾先生傷風鼻塞了；班克斯先生說，「蔬菜的鹽不見了」。所有這些她都會熟練地呈現出來；甚至惡意地扭曲，然後走到窗前，假裝她必須走了——半轉個身，用比較親密的聲音，還是笑著，堅持說她，莉莉一定要，明黛也一定要，她們一定得結婚，因為在這整個世界中，不管有什麼樣桂冠能落到她頭上（但雷姆塞太太對她的畫是一點也不理會的），或者是她能贏到什麼（也許雷姆塞太太擁有她贏到的東西），這時她變得哀傷，沉下臉，回到她的椅子，這一點毫無疑問的；一個沒有結婚的女人（她輕輕握了一下她的手），一個沒有結婚的女人喪失了生命中最美好的一部分。這屋子似乎充滿了入睡的小孩們，雷姆塞太太在傾聽；充滿昏暗的燈光與規則的呼吸聲。

噢，但是，莉莉會說，她有她父親；她的家；甚至，如果她敢說，還有她的筆。但所有；這些跟雷姆塞太太的比起來似乎如此渺小，如此單純。但是，當夜更深，白色的燈光將簾子分開，不時有鳥兒在花園中啁啾時，她會聚攏孤注一擲的勇氣，她會力陳她應該免受這項共通法則的約束；她會抗辯；她喜歡單獨一個人；她喜歡作她自己；她不是為結婚而生；所以她必須面對來自具有無比深度的眼睛的注視，面對雷姆塞太太單純的斷言（而她現在像個小孩似的），說她親愛的莉莉，她的小布里斯柯，是個傻子。然後她想起來，她曾經一頭栽在雷姆塞太太的懷裡笑，笑，笑，近乎歇斯底里地笑，因為想到雷姆塞太太一貫沉靜地主宰她完全了解的命運。她坐在那兒，單純、嚴肅。她已經恢復了她對她的感覺——這是手套扭曲的手指嗎？但是她曾經深入什麼樣的聖堂呢？莉莉．布里斯柯最後抬起頭來看，雷姆塞太太在那兒，完全不知道她笑的原因，她仍然主宰著，但是已經去除了所有剛愎的痕跡，替代的是類似撥開雲層所見的那一份清晰——那一片睡在月亮旁邊的小小天空。

那是智慧嗎？那是知識嗎？或是美貌的欺騙，使得一個人所有的感知，在通往真理的途中，被纏繞在金色的網絲中？或者她內心鎖藏著某種祕密？莉莉·布里斯柯深信人們必須擁有那個祕密世界才能夠繼續運轉。不可能每個人都像她這麼狼狽，過一日算一日。但如果他們知道，他們能否說出他們知道的是什麼？坐在地板上，她的手臂環繞著雷姆塞太太的膝蓋，靠得不能再近了，她微笑想著雷姆塞太太永遠不知道那份壓力的來源，她想像一個肉體上能令她動容的女人，在她心靈的密室中是如何地豎立著石碑，就像帝國陵寢中的寶藏一樣，石碑上刻著神聖的字眼，這些字（如果一個人能夠解出他們的意義）將會傳授所有的事情，但是它們永遠不會被公開地提出來，永遠不會為大眾所知。到底是什麼藝術——愛情與手腕所知的藝術——讓人得以進入那些密室？有什麼方法可以像水倒入瓶中一樣，使一個人與他所崇拜的對象融而為一？能臻至那境界的是身體還是心智呢？在腦中錯綜複雜的通道中巧妙地結合，或者是在心靈中呢？人們所說的愛能夠使她與雷姆塞太太融為一體嗎？因為她所希望得到的不是知識而是結合，不是碑上的字，不是人懂得能寫出來的任何語言，而是親密，它就是知識，她這麼想著，頭靠在雷姆塞太太的膝蓋上。

沒有任何事發生，她的頭靠著雷姆塞太太的膝蓋時，沒有任何事發生。什麼也沒有！然而她知道知識與智慧藏在雷姆塞太太的心中。她曾問過自己，那麼，一個人是如何知道其他人的這件事或那件事？它們都是緊鎖著的呀。只不過像一隻蜜蜂，為空氣中某種無法觸摸，無法品嚐的芳香或強烈氣味所吸引，一個人縈繞在圓頂狀的蜂巢外不肯離去，孤單地漫遊在這世界上的空氣殘渣中，縈繞在嗡嗡低語，營營忙碌的蜂巢外不肯離去；蜂巢就是人。雷姆塞太太起身，莉莉起身。雷姆塞太太走了。好多天，就像作完夢後會覺得被夢到的那個人產生了某些巧妙的變化，她周身圍繞著低語的聲音，而當她坐在客廳窗前的柳條扶椅中時，莉莉的眼中看到她帶有一種令人敬畏的形體，如圓頂般的形體。

這道目光與班克斯先生的目光在同一平面上直直地射向雷姆塞太太，她坐在那兒與膝旁的詹姆士讀書。但是現在當她還在看時，班克斯先生已經結束了。他戴上了他的眼鏡。他退回去。他舉起他的手。他稍稍瞇起他清亮的藍眼，這時候莉莉才清醒過來，看到他在幹什麼，她立刻畏縮起來，像一隻狗看到有人要舉手打牠。她很想將畫從畫架上搶過來，但她對自己說，一定要忍受。她鼓足精神，忍受有人看她畫的可怕考驗。一定要忍受，她說，一定要忍受。而且如果它必須被看到，班克斯先生比起其他人來還比較不會令她驚恐。但是如果有其他的眼睛要看她三十三年歲月的殘渣，每日生活的沉澱，加入某種比她在過去那些日子所說或表現的更為祕密的東西，這對她是極大的痛苦。同時也是極為令她激動的事。

再也沒有其他的事更平淡，更安靜。拿出一把小刀，班克斯先生用骨製的把手敲敲畫布。「那邊」的那個三角形的紫色形體是要表現什麼？他問。

那是雷姆塞太太念書給詹姆士聽，她說。她知道他不同意——沒有人會認為那是人的形體。但是，她說，她並沒有企圖畫得逼真。那麼她為什麼要納入他們呢？他問。究竟為什麼呢？——除了說如果在那兒，那個角落裡，是明亮的，在這兒，這個角落裡，她感覺需用暗色。簡單、明顯、平凡，班克斯先生很有興趣。那麼，他想，母親與小孩——舉世崇敬的對象，而且在此這位母親以她的美貌聞名——也許可以被簡化成一團紫色的陰影，而並無不敬的意思。

但是這幅畫並不是關於他們的，她說。或者說，不是如他所想的意義。一個人還是可能以其他的意義來崇敬他們。譬如說，藉著這兒的一團陰影，那兒的一片光亮。如果，照她所模糊想像的，一幅畫必須是一個獻禮，那麼她的獻禮就採用那種形式。一位母親與一個小孩可以被簡化為一團陰影，沒有不敬的意思。這邊一片光亮，那邊就需要一團陰影。他思考。他很有興趣。他完全誠懇地、科學地接受它。事實上，他所有的偏見是在另一方面，他解釋。他客廳中最大的一幅畫畫是肯乃特河堤上盛開的櫻桃樹，畫家們都稱讚這幅畫，對它所評估的價值超過他所付出的。他的蜜月是在肯乃特的河堤上度過的，他說。莉莉一定要來看那幅畫，他說。但是現在——他轉過身，推起他的眼鏡，科學地檢視她的畫布。問題是幾團色彩間的關係，明與暗的關係，這些，老實說，他並沒有思考過，他想要她說明一下——她想要如何解釋它？他指的是他們面前的這一景。她看。假如沒有一支畫筆在手裡，她無法告訴他她想如何解釋它，甚至她根本看不到它。她再度採取她畫畫時的姿態，模糊的眼睛，心不在焉的樣子，把她所有作為一個女人的印象降低成更通泛的東西；她曾清晰看見的景象的那種力量再度來到她身上，她又必須從樹籬、屋子、母親與小孩中去摸索那個景象——她的畫。她想起來，那是一個如何連接右邊這團色彩與左邊那團色彩的問題。她也許可以將樹枝的線條越過圖面來連接；或者用一個物體（也許是詹姆士）來去除前景的空白。但危險是那樣做整體的統一感可能會被破壞。她停下來；她不想使他厭煩；她輕輕將畫取離畫架。

但是它已經被看到了；它已經被人從她身上拿走了。這個男人已經與她分享了某種非常親密的東西。而且她為此感謝雷姆塞先生，感謝雷姆塞太太，感謝時間，感謝地笑，以一種她未曾想像過的力量讚頌世界，一個人能夠不孤單而是與另一個人手牽手走離那長長的畫廊——這世界中最奇異的感覺，最令人歡喜的感覺——她用過大的力氣緊壓顏料盒上的環扣，於是環扣的刻痕似乎永遠環繞著顏料盒、草地、班克斯先生與那個疾衝而過的小惡棍康敏。

X

因為康敏衝過時擦到畫架邊緣；她不願意因為班克斯先生與莉莉．布里斯柯而停下來；雖然希望擁有自己的女兒的班克斯先生伸出他的手來；她也不願意因為她父親而停下來，她也擦過他的身旁；她在她衝過時喊說，「康敏！我要妳來一會！」她像一隻鳥、一個子彈或一支箭飛掠而過，因為何種慾望所驅使，誰發射的，射向誰，這些誰知道呢？什麼？什麼？雷姆塞太太看著她，想著。也許是一個砲彈的景象，一個手推車的景象，一個遠在樹籬外的神仙國度的景象；或者也許是速度的榮耀；沒有人知道。但是雷姆塞太太喊第二次「康敏！」時，那拋射物在中途落下，康敏慢慢走回她母親身邊，途中還摘了片葉子。

雷姆塞太太想著，她在作什麼夢？看到她站在那兒，陶醉在她自己的某種思緒中，於是她重複兩遍她的話——去問米德蕾，看看安德魯、道伊爾小姐跟瑞利先生回來了沒有？這些話好像掉落到一口井中，在那兒水如果很清澈，他們也極為扭曲，即使在他們落下時，一個人也會看到他們在扭曲，只有天曉得在這小孩的心中他們成了什麼樣子。康敏會傳什麼話給廚子呢？雷姆塞太太很好奇。而且，真的，在耐心的等候後，聽到說廚房裡有個老女人面色紅潤從大盆子裡喝湯；雷姆塞太太終於喚起孩子那鸚鵡似的本能，準確地學得米德蕾的話，而且可以用單調的聲音模仿出來（如果一個人肯等待）。移動著雙腳，康敏重複她的話，「不，他們還沒有回來，而且我已經告訴愛倫把茶點清除掉。」

那麼明黛．道伊爾與保羅．瑞利還沒有回來。那只意味著一件事，雷姆塞太太想。她必須接受他，或者她必須拒絕他。這趟午餐後的散步，即使說安德魯跟他們在一起——它有什麼意義呢？除了說，雷姆塞太太想，她已經正確地決定（而且她非常、非常喜歡明黛）接受那個男孩，他也許不是非常傑出，但是，雷姆塞太太想（這時她意識到詹姆士在拉她，要她繼續大聲唸漁夫與他妻子的故事。）她內心對傻子的喜愛遠遠超越寫博士論文的聰明人；譬如說查爾士．譚斯理。無論如何，不論她是接受還是拒絕，現在事情一定已經發生了。

但是她唸：「第二天早晨妻子先醒來，天才剛亮，從她的床上她看到美麗的鄉野展現在她面前。她的丈夫還在躺著……」

但是明黛現在怎麼能說她不想接受他呢？不會的，既然她已經同意整個下午與他一起單獨地在鄉間遊蕩——因為安德魯會去玩他的螃蟹——但是也許南西跟他們在一起。她企圖回想午飯後他們站在大廳門前的情景。他們站在那兒，望著天空，想知道天氣如何，於是她說話了，一方面是想遮掩他們的羞怯，一方面是想鼓勵他們去玩（因為她認同保羅）。

「好幾哩都沒一片雲。」想到這裡她可以感覺到小查爾士．譚斯理在暗笑，他剛才跟著他們出來。但是她故意這麼說。她不能確定南西是否在那兒，她在心裡一個個地回想他們。

她繼續唸：「『啊，妻子，』漁夫說，『我們為何要當國王呢？我不想當國王。』『好吧，』他妻子說，『如果你不想當國王，我想當；去找比目魚，因為我要當國王。』」

「康敏，進來，要不就出去。」她說。她知道康敏只是被「比目魚」這個字所吸引，要不了多久她就會像平常一樣不耐煩，跟詹姆士打架。康敏一溜煙跑掉了，雷姆塞太太繼續唸，鬆了口氣，因為她與詹姆士鑑賞力相同，在一起感覺舒服。

「而他來到海邊時，天色已灰暗了，海水由下向上翻攪，氣味很難聞。然後他走過去，站在海邊說。

海中的比目魚，比目魚
我懇求您來到我這裡；
因為我的妻，好伊莎貝
將我的意願違背。

『那麼她要做什麼呢？』比目魚說。」他們現在在哪裡呢？雷姆塞太太很好奇：她很輕易地一面唸一面想；因為漁夫與他的妻子的故事就像一個曲調的輕聲低音伴奏，不時意想不到地出現在旋律中。而什麼時候會告訴她呢？如果什麼也沒發生，她一定要嚴肅地對明黛說。因為她不能這樣在整個鄉間遊蕩，即使南西跟他們在一起（她再度企圖勾勒出他們走在道路上的背影，計算他們的人數，但她想不起來）。她對明黛的父母——「貓頭鷹」與「撥火鐵棒」——有責任。在她唸故事的時候，她為他們取的綽號閃進她的心中。貓頭鷹與撥火鐵棒——是的，他們會惱怒的，如果他們聽到——而且他們一定會聽到——明黛跟雷姆塞一家住在一起，被看到如何如何，如何如何，如何如何。「他在下議院戴了一頂假髮，而她在樓梯前幹練地幫助他。」她重複說這句，她從心中掏出這話，這句話是有次派對回來她想出來逗她丈夫樂子的。天呀，天呀，雷姆塞太太對她自己說，他們怎麼會製造出這樣一個奇怪的女兒？這個頑皮姑娘明黛，襪子裡破了個洞。她是如何生存在那個奇特的環境？在那兒女僕總是在將鸚鵡打散的沙掃到畚箕裡，對話幾乎完全簡化到那隻鳥的事蹟——也許有趣，但畢竟有限。自然他們請她午餐、喝茶、晚餐，最後請她到芬萊與他們一起住，結果造成與她母親貓頭鷹的一些摩擦；於是更多的邀請，更多的對話，更多的沙，到最後她講的有關鸚鵡的謊言足夠她用一生（她那天晚上從派對回來告訴她丈夫這些）。但是，明黛來了……是的，她來了，雷姆塞太太想，她懷疑這個纏繞不休的想法中有根刺，解開一看，原來如此：一個女人有次曾指責她「奪去她女兒對她的情感」；道伊爾太太說的某些話使她再度想起那個指控。想要控制，想要干涉，要人們做她想要做的事——那就是對她的指控，而她覺得非常沒有道理。她怎能容忍別人以那樣的眼光看她？沒有人能指責她付出努力去贏得別人的好感。她常為自己的瑣細感覺羞愧。她並不專制，她也並不像個暴君。醫院、排水溝、牛奶場那些事才是更真實的。像那類的事情她真的非常狂熱，而且她如果有機會的話，她會想抓住人們的脖子叫他們看看。整個島上沒有一座醫院。這是令人羞恥的事。在倫敦送到你門口的牛奶絕對有一層黃色的塵土。這應該被認定是不合法的事。一個模範牛奶場與一座模範醫院，這兩件事她非常想做，自己做。但是怎麼做呢？有這八個小孩怎麼做呢？等他們長大些，上了學，也許她會有時間。

啊，但是她從來不希望詹姆士長大，康敏也是一樣。這兩個她希望他們永遠保持現在的樣子。邪惡的魔鬼、愉快的天使，永遠不要看到他們長成長腿的怪物。沒有任何東西能彌補那種損失。當她此刻唸書給詹姆士聽，「有一些戰士帶著定音鼓與小喇叭」，而他露出憂鬱的眼神，她想，他們幹嘛要長大，失掉這些呢？他是她的小孩中最有天賦的、最敏感的一個。但是，她想，他們都充滿希望。普璐與人相處時是個完美的天使，而且現在有時候，尤其是在晚上，她的美貌令人屏息。安德魯——連她的丈夫都承認他的數學天賦極佳。而南西與羅傑，他們現在都是狂野的小孩，整天在鄉間跑來跑去。至於說露絲，她的嘴巴太大了，但是她手工的天賦極好。當他們玩字謎遊戲的時候，露絲就做衣服；做所有東西；她最喜歡佈置桌子、插花、任何事情。她不喜歡傑斯白打鳥；但那只是一個階段；他們都會經歷某些階段。她的下顎頂著詹姆士的頭，為什麼，她問，他們要成長得這麼快呢？他們為什麼要上學呢？她喜歡一直有一個嬰兒。她抱著一個嬰兒在懷中是她最快樂的時候。然後人們也許會說她像個暴君，專制、獨裁，他們要這麼說就說吧；她不在意。然後，用嘴唇碰碰他的頭髮，她想，他再也不會這麼快樂了，但是她止住這種想法，因為她想起來她這麼說令她丈夫十分生氣。不過它還是事實。他們現在絕對比將來任何時候快樂。一組十便士的茶具就會讓康敏快樂好幾天。她聽到他們一醒來就在頭頂上的地板頓足、大叫。他們爭先恐後跑過走廊。然後門撞開了，他們跑進來，如新生之玫瑰，瞪大眼睛瞧著，完全清醒，好像早餐後進入餐室這件事，這件他們生活中每天做的事，是件令他們歡欣鼓舞的事；諸如此類的事，一整天一件接著一件，直到她上樓跟他們說晚安，發現他們被網在他們的小床中，好像鳥兒被網在櫻桃樹與薰梅之間，還在編些無關緊要的故事——他們聽來的某些事，他們在花園中看到的某些事。他們都有他們的小寶藏……於是她走下樓對她丈夫說，他們何必要長大失去這些呢？他們永遠不會再這麼快樂了。於是他生氣了。為什麼要有那麼灰暗的人生觀呢？他說。那是不理智的。真是奇怪；她相信那是真的；雖然他陰鬱、絕望，但整體來說他卻比她快樂、比她抱有更多的希望。他較少看到人的憂慮——也許是因為如此。他可以退守到他的工作上。並不是說她像他所指責的那樣「悲觀」。只是她一時想到生命——一條短小的時間之帶就出現在她的眼前——她的五十年歲月。它就在她的面前——生命。生命：她思考，但是她並未結束她的思考。她看一眼生命，因為她很清楚地感覺到它在那兒，某種真實的東西、私人的東西，那是她沒有與她小孩，與她的丈夫分享的東西。某種交易在他們之間進行，她在一邊，生命在另一邊，而她總是想占它的上風，它也想占她的上風；有時候他們會談判（她單獨坐著時）；她記得有一些重要的修好場景；但很奇怪地，她必須承認，大多數時間她都感覺這個她稱為生命的東西是可怕的，是有敵意的，你給它機會它就會給你一陣痛擊。有永恆的問題存在：痛苦；死亡；貧窮。永遠有一個女人死於癌症，即使是在這裡。然而她對所有這些孩子說過，你們會經歷它的。她對八個孩子無情地說這句話（而花房的帳單要五十鎊)。由於那個原因,知道在他們面前的是什麼——愛、野心與在悲慘的地方孤單受苦——她常有這個感覺。他們為什麼一定要長大失去那些呢?然後她對著生命揮舞她的劍,對她自己說,胡扯。他們將會非常快樂。而現在她在這裡,她想,再度感覺生命相當險惡,要讓明黛與保羅.瑞利結婚;因為不管她對她自己的交易有何感覺,而且她所有過的經驗不一定會發生在每個人身上(她沒有向自己指明是哪些人);她被驅迫去說人們一定要結婚,人們一定要有小孩,她知道自己說得太快,而且對她來說幾乎好像是一種逃避。

她這一點做錯了嗎?她問她自己,檢討她過去這一兩個禮拜的行為,很想知道她是否真的施加太多壓力給明黛,要她作決定,她才二十四歲而已。她感覺不安。她沒有笑過這件事嗎?她豈不又忘記了她對人的影響力是如何之大?婚姻需要——噢,所有各種的特質(花房的帳單要五十鎊);有一項——她不需要指明——是非常基本的;她與她丈夫所擁有的特質。他們有它嗎?

「然後他穿上他的褲子,像個瘋子跑掉,」她唸:「但是外頭一場暴風雨正在肆虐,風雨大得他幾乎走不穩;房屋與樹木倒下,山在搖撼,岩石滾入海中,天空一片漆黑,雷電大作,像教堂尖塔與山一樣高的漆黑色的海浪撲上陸地,頂端滾著白色的泡沫。」

她翻過一頁;只剩下幾行字,所以她很快就可以唸完故事,不過這時候已經過了上床的時間。天色已晚。花園中的光線告訴了她;變淡的花與樹葉中灰暗的顏色激起她一種憂慮的感覺。起先她想不出憂慮是什麼。然後她想起來了；保羅與明黛與安德魯還沒有回來。她再度回想站在大廳前臺階上看天空的那一小群人。安德魯帶著他的網子與籃子。那表示他會去抓螃蟹什麼的。那表示他會爬上一塊岩石；他的路會被阻斷。或者是回來單排走那些懸崖之上的小路時，他們之中的一個人也許會滑倒。他會滾下去摔得粉粹。天色很暗了。

但是當她唸完故事時她一點也沒有讓她的聲音改變，她合上書本，看著詹姆士的眼睛，加上一句話，說最後幾個字的時候好像是她自己虛構的：「而他們現在仍然還住在那裡。」

「那就是結尾。」她看著他的眼睛說。當他對故事的興趣在他的眼中漸漸消失時，其他的東西替代了；某種好奇、蒼白的東西，像一道光的反射，它使他注視、驚異。她轉過身朝海灣望去，在那兒，不用說，兩道光規則地，迅速地越過波濤而來，然後是一條長而穩定的光，那是燈塔的光。它已被點亮了。

過一會他會問她，「我們要去燈塔嗎？」而她必須說，「不：明天不行；你爸說不行。」幸好米德蕾進來接他們，一陣忙亂轉移了他們的注意力。但是米德蕾帶他出去時，他還是不斷轉頭回來看，她很確定他是在想：我們明天不去燈塔了；而她想：他會一輩子記得它。

XI

她動手整理一些剪下來的圖片——一臺冰箱、一部除草機，一位身著晚禮服的紳士——不，她想，小孩子永遠不會忘記。因此，一個人所說的話與所做的事很重要。他們去睡覺時她覺得鬆了口氣。因為她現在不用去想任何人。她可以作她自己，單獨一個人。那就是她現在常常覺得需要去做的——思考；甚至也不用思考。只要不說話，單獨一個人。所有的存在與行為，擴張的、閃亮的、口頭的，都消散了；於是一個人以一種莊嚴感收縮成他自己，一個楔形的黑暗核心，一個別人看不到的東西。雖然她繼續在編織，而且坐直身子，她還是靠此才感覺到她自己；這個已經去除累贅的自我有自由去做最奇異的冒險。當生命消沉一會時，經驗的範圍似乎是無限的。她想，每個人都有這種無限的精神憑藉的感覺；一個人接著另一人，她、莉莉、奧古斯都．卡米凱爾，一定都會感覺到，我們的「靈」，你藉以認識我們之物，都只是幼稚的。在它之下所有都是黑暗的。無邊無際，深不可測；但有時我們會浮升到表面，而那就是你藉以看到我們的東西。她的境域似乎是無限的。她從來沒見過的地方出現了；印度的平原；她感覺她自己推開一座羅馬教堂裡厚厚的皮革簾子。黑暗的核心可以通往任何地方，因為沒有人看得到它。他們擋不住它，她想，心中非常高興。在那兒有自由、寧靜，還有最令人歡迎的是一種心靈的匯合，一種穩固的平臺上的休憩。在她的經驗中，一個人在作為他自己時是找不到休憩的（這時她用針完成一件巧妙的工作），只有在作為黑暗的核心時才能找到。拋棄了人格，一個人也拋棄了煩躁、慌忙、騷動；當事物聚集來到這寧靜、休憩與永恆時，升到她嘴唇的總是某種戰勝生命的呼喊；停駐在那兒，她往外望去，看到那道燈塔的光，那長而穩定的光，三道中的最後一道，那是她的光，因為總是在這個時候，這種心情下看它們，一個人無法不將自己與一件東西連接在一起，尤其是自己看到的東西；而這個東西，這長而穩定的光，就是她的光。她常常發現自己坐著、看著、坐著、看著，直到她變成她所看到的東西——譬如說那道光。而有一些她心頭的詞句或什麼的會升到它的上面——譬如說「孩子們不要忘記，孩子們不要忘記」——她會重複地說，然後開始加一句，它會結束，它會結束。它會來到，它會來到，然後她會突然加一句，我們都在上帝的手中。

但是她立刻惱怒自己說了這句話，誰說的？不是她；她中了圈套說出她並非真心想說的話。她抬起頭從她織的東西上看出去，她的眼睛與那第三道光會合，而在她看來就好像是她自己的眼睛與她自己的眼睛會合，她在尋找，只能單獨地尋找，在她的心智與心靈中尋找，從存在中淨化那個謊言、任何謊言。她在對光中的讚美中讚美她自己，不帶任何虛榮，因為她是嚴厲的，她在尋找，她如那道光一樣美麗。真是奇怪，她想，一個人單獨的時候會傾心於物體，沒有生命的物體；樹木、溪流、花朵；感覺它們表達一個人；感覺它們變成一個人；感覺它們知道一個人，在某種意義上就是一個人；感覺到自己一種如此非理性的溫柔（她注視那道長而穩定的光）。她注視、注視著，她的針懸著，她看到一團霧，一個將與她愛人會面的新娘浮升上來，從一個人的心湖中升起來，蜷曲在心靈的外面。

是什麼使她說：「我們在上帝的手中」？她很想知道。摻雜在真理中滑溜進來的虛偽激怒她，令她惱怒。她又繼續織。怎麼可能有任何上帝創造這個世界？她問。她的心智令她抓住的事實是沒有理性、秩序、正義：只有痛苦、死亡與貧窮。對這世界來說沒有任何卑鄙的事是卑鄙到不能做的，她知道的。沒有任何快樂能持久；她知道的。她堅定織著，微微地咬緊她的嘴唇，她並未察覺到自己以一種嚴厲的習慣繃緊她臉上的皺紋，顯露出一種鎮定的表情，因此她的丈夫經過時，雖然他正想到哲學家休姆因為長得太胖被夾在廁所中而發笑，但他無法不注意到她美麗的心中所潛藏的嚴厲。那使他覺得哀傷，而她的遙遠令他心痛，而在他經過時他感覺他無法保護她，於是當他到達樹籬時，他很哀傷。他無法做任何事去幫助她。他必須站在一旁看著她。真的，殘酷的事實是，他使得她的情況更糟。他易怒——他暴躁。他為燈塔的事發脾氣。他注視著樹籬，注視著它的錯綜複雜、它的黑暗。

雷姆塞太太覺得一個人總是不情願地抓住一些小小的碎屑，一些聲音，一些景象來幫助自己離開孤獨。她傾聽，但到處都非常寂靜；板球結束了；小孩子在洗澡；只有海的聲音。

她停下來不織了；她讓紅棕色的長襪懸在手中一會兒。她再度看到那道光。她的詢問中有某種嘲諷的成分，因為當一個人清醒時，他的關係會改變。她注視著那穩定的光，那無情的、無悔的光，它既是她又不是她，她完全聽命於它（她在夜裡醒來看到它彎曲越過他們的床，撫弄著地板）。但是儘管如此，她陶醉的看著它，好像被催眠了，好像它正用銀白色的手指撫弄著她腦中某條緊閉的脈管，它的爆破將使她淹沒在愉悅中，她感覺她認識了快樂、細緻的快樂、強烈的快樂，而當陽光褪去時，它為洶湧的海浪包上更明亮的銀白色彩，藍色從海中消失；它在檸檬色的海浪中滾動，海浪捲動、增強；拍擊著海灘，狂喜在她的眼中爆發，純粹的、愉悅的浪濤湧進她的心中，她感覺足夠了！足夠了！

他轉過身看到她。啊！她真美麗，比他以前所想像的還要美麗。但是他不能跟她說話。他不能打斷她。詹姆士已經走了，她終於一個人了，他急切地想要跟她說話。但是他決定，不；他不要打斷她。她離他很遙遠，沉浸在她的美麗與哀傷中。他不要打擾她，他沒說一句話走過她身邊，雖然他覺得很傷心，她看起來如此遙遠，他無法接近她，他無法做任何事去幫助她。而且他會再度不說一句話走過她身邊，若不是在那一刻，她自願地喊住他，（她知道他不會要求的）拿起掛在畫框上的綠色披肩走向他。因為她知道他想要保護她。

XII

她將綠色的披肩罩在肩膀上。她伸手挽他的臂。他是如此地瀟灑，她說，一下子就開始談到園丁甘迺迪；他真是英俊，她不忍將他辭退。花房邊上有一架梯子，一些小灰泥團黏在周圍，因為他們開始在修理花房的屋頂。是的，但是當她的丈夫漫步前行時，她感覺到那憂慮的根源深植她的心頭。在他們漫步時她的話在舌尖打轉，她幾乎要說，「那要花五十鎊」，但是她沒說，因為她的心不願去想錢的事，她轉而說傑斯白打鳥的事，他聽到立刻安慰她說小男孩那樣做是很自然的，而且他相信不久他就會找到更好的自娛方法。她的丈夫如此理智，如此公正。於是她說，「的確；所有小孩子都會經歷一些階段。」她並且開始想大花壇中的天竺牡丹，不知明年的花卉怎麼樣。她又問他有沒有聽過小孩子給查爾士．潭斯理取的綽號。無神論者，他們這樣叫他，小無神論者。「他不是一個文雅的人。」雷姆塞先生說。「絕對不是。」雷姆塞太太說。

雷姆塞太太說她認為隨他去沒有關係。她想知道送來的球莖有沒有用；他們有沒有種呢？「噢，他有他的博士論文要寫。」雷姆塞先生說。她知道，雷姆塞太太說。他沒有談論其他任何事。論文是關於某個人對某件事的影響。「他所能做到的只有那麼多。」雷姆塞先生說。「老天保佑他別愛上普璐」雷姆塞太太說。要是她嫁給他，他會取消她的繼承權，雷姆塞先生說。他沒有看她妻子想著的花朵，他看著在它們上方約一呎處的一個斑點。他不會對人們有什麼傷害，他說。他正想加一句說無論如何他是英格蘭唯一一個崇拜他的年輕人——但說一半又吞回去了。他不會再說他的書來煩她。這些花看起來很棒，雷姆塞先生說，他往下看，注意到一些紅色、棕色的花。是的，但這些都是她親手種的，雷姆塞太太說。問題是：她叫人送來的球莖怎麼樣了？甘迺迪有沒有種它們？他的懶惰真是無可救藥，她說，繼續往前走。要是她一整天拿著鏡子站在他旁邊，他才會偶爾做點工作。他們就這樣往前漫步，走向火紅的撥火鐵棒。「你在教你的女兒誇大其辭。」雷姆塞先生責備她說。她的姑媽卡米拉比她還糟得多，雷姆塞太太說。「從來沒有人拿你的卡米拉姑媽作為我所知道的美德的模範。」雷姆塞先生說。「她是我所見過最美的女人。」雷姆塞太太說。「是別人，不是她。」雷姆塞先生說。普璐將會比她美得多，雷姆塞太太說。他完全看不出來，雷姆塞先生說。「今晚你看看吧。」雷姆塞太太說。他們停了一會兒沒說話。他希望安德魯能夠聽他的話更用功點。要是他不用功的話，他將會失去所有獲得獎學金的機會。「啊，獎學金！」她說。雷姆塞先生覺得她這樣說很愚蠢，因為獎學金是件很嚴肅的事情。如果安德魯能拿到獎學金，他會很為他驕傲，他說。如果他拿不到，她也會同樣為他驕傲，她回答說。他們對這一點總是意見不同，但是那沒有關係。她喜歡他相信獎學金，他喜歡她不論安德魯做什麼都為他感到驕傲。突然她想起懸崖邊上的那些小路。

不是很晚了嗎？她問。他們還沒有回家。他不經意地打開他的錶。才剛剛過七點。他讓他的錶張開著一會，要告訴她他在臺階上的感覺。首先，沒有道理這麼緊張。安德魯能夠照顧他自己。然後他要告訴她當他剛才在臺階上走時——這時他變得很不自在，好像他要闖入她那份孤獨，那份超然，那份遙遠……但是她催促他。他想告訴她什麼？她問。她想知道是關於去燈塔的事；還有他為他說「你該死」而抱歉。他不喜歡看到她看起來那麼哀傷，他說。只是心不在焉，她抗議說，有點臉紅。他們兩人都覺得不自在，好像他們不知道該往前走還是回去。她在唸童話故事給詹姆士聽，她說。不，他們不能分享那個；他們不能說那個。

他們已經到了兩根火紅撥火鐵棒中間的缺口，燈塔又出現了，但是她不讓她自己去看它。她想，要是她知道他在看她，她不會讓她自己坐在那而沉思。她不喜歡任何使她想起她在坐著沉思的事情。於是她回頭去看城鎮。燈光在微微起伏、在滑動，好像在風中固定的銀白色水滴。而所有的貧窮、所有的苦難都轉向它，雷姆塞太太想。城鎮、港口與船隻的燈光看起來像張虛幻的網，在那兒浮著，標示著某件沉下去的東西。好吧，既然他不能分享她的思緒，雷姆塞先生對他自己說，他要一個人走了。他要繼續想，告訴他自己休姆是如何被夾在廁所中的故事；他想要笑。但首先為安德魯緊張是沒什麼必要的。他在安德魯的年紀時，整天在鄉間到處走，口袋裡除了一塊餅乾其他什麼都沒有，沒有人打擾他，或是擔心他會掉下懸崖去。他大聲說要是天氣可以的話他要出去散一整天的步。他受夠了班克斯與卡米凱爾。他想有一點孤獨。是的，她說。她的不反對使他惱怒。她知道他絕不會去做。他太老了，沒有辦法口袋裡放一塊餅乾走一整天了。她為男孩們擔心，但不為他擔心。多年前，在他結婚以前，他曾經整天散步，他想：他們站在火紅的撥火鐵棒之間，他朝海灣望去。他曾在酒店胡亂打發一餐。他曾連續工作十小時；一個老太太只是不時探頭進來看看火。那是他最喜歡的鄉野，在那兒，那些沒入黑暗的沙丘，一個人可以走上一整天，一個人影也碰不到。很難得看到一間房子，好幾哩路都沒有一個村子。一個人可以單獨思索事情。有一些自開天闢地就沒有人踏上過的小沙灘。海豹坐起來看著你。有時候他覺得如果一個人單獨住在那邊的小屋子中——他中斷思索，嘆口氣。他沒有權利。八個孩子的父親——他提醒自己。要是想讓任何事有所改變，他簡直是頭野獸、是隻雜種狗。安德魯會是個比他好的人。普璐會是個美人，她的母親說。他們也許會稍微阻擋住洪水。整體來說那是件美好的成果——他的八個小孩。他們顯示他沒有完全討厭這可憐的小宇宙，因為在如此的一個夜晚，他看著縮小的陸地，想著，這個小島看來小得可憐，一半淹沒在海中。

「可憐的小地方。」他嘆口氣低聲說。

她聽到他說的話。他說了最憂鬱的話，但是她發覺他在說完它們之後，他卻總是看來比平時還要愉快。她想，所有這些遣詞用句都是一種遊戲，因為如果她說了一半他所說的話，她恐怕已經把她的腦袋給爆掉了。

這種遣詞用句使她惱怒，於是她很實際地對他說這是一個非常美麗的夜晚。而且她問他在嘆息什麼，半是笑，半是埋怨，因為她猜得出他在想什麼——要是他沒結婚，他會寫出更好的書。

他不是在埋怨，他說。她知道他不埋怨。她知道他沒有什麼好埋怨的。然後他抓住她的手，舉到唇邊親吻，那種熱情使她的眼中充滿淚水，他很快地又將她的手放下。

他們轉身離開這景色，開始走上那條長著銀綠色矛狀般植物的小路，手挽著手。他的手臂幾乎像是年輕人的手臂，雷姆塞太太想，瘦細而又結實，她很愉快地想著他仍然是如此健壯，儘管他已超過六十歲，而且如此難以駕馭，如此樂觀，而且奇怪的是像他那樣相信各種可怕之事居然不會使他沮喪，反而令他振作精神，那不是很奇怪嗎？她想。真的，在她看來他有時候似乎跟別人的構造不同，對於一些尋常的事物，他似乎生來就是盲的、聾的、啞的，但是對於不尋常的事物，他的眼睛卻如鷹眼一般。他的理解力常常令她驚訝。但是他察覺到花嗎？不。他察覺到景色嗎？不。甚至他是否察覺到他自己女兒的美麗？或者他的盤子上是否有布丁或牛肉？他會坐在桌前，面對著它們，恍若身在夢中。而且她擔心他改不掉那種大聲說話或大聲唸詩的習慣了；因為有時候那會很令人困窘：

最好的，最光輝的，走開！

可憐的吉汀小姐，當他那樣向她大叫時，幾乎會驚嚇得跳起來。雷姆塞太太會立刻站在他那一邊，這世界像吉汀這樣愚蠢的人是無法了解他的。她按了一下他的手臂，暗示他，他上坡路走得太快，她跟不上，而且她得停一下，看看岸上那些是不是新的鼴鼠丘。彎下腰去看時，她想：像他那種傑出的心智一定是在任何一方面都和我們不同。所有她認識的傑出的人都是這個樣子，她想，她判斷一定是有兔子進來。而且對於年輕人來說，只要能聽到他說話，只要看到他，都是好的（雖然課室裡的空氣窒悶得令她難以忍受）。但是她懷疑如果不射殺兔子，如何能使牠們減少呢？可能是兔子；也可能是鼴鼠。反正是某種動物毀了她的月見草。她抬起頭，看到在細樹枝的上方，初綻光芒星星在閃動，她想要讓她的丈夫看它；因為這種景象給她如此大的快樂。但是她阻止了她自己。他從來不看外在的事物。如果他看，他會說「可憐的小世界」，嘆一口氣。

這時他說，「很好」，他要取悅她，假裝讚賞花。但是她很清楚他並不讚賞它們，甚至根本不知道它們在那兒。那只是要取悅她……啊，但那不是莉莉．布里斯柯跟威廉．班克斯在散步嗎？她注意著用她近視的雙眼看著一對往回走的伴侶。是的，是他們。那豈不表示他們會結婚嗎？是的，一定是！多麼令人激賞的想法！他們一定要結婚！

XIII

他走過阿姆斯特丹，班克斯先生說，當他與莉莉．布里斯柯散步走過草地時說。他見過倫布蘭特的家人。他去過馬德里。不巧的是他去的那一天是耶穌受難節，普拉多大道沒有開放。他去過羅馬。布里斯柯小姐從來沒去過羅馬嗎？啊！她應該去——那會是一個美好的經驗——梵蒂岡教皇小禮拜堂；米開朗基羅；巴杜亞自治村，還有那兒吉奧圖風格的畫家。他的妻子好多年身體都不適，所以他們只能作小規模的遊覽。

她去過布魯塞爾，她去過巴黎，但是她只是去看一位生病的姑媽，沒待多久。她去過德勒斯登，那兒有好多她沒看過的畫，它們只會令一個人對自己的作品感到絕望。班克斯先生認為不必太如此想。我們不可能都作巨人，都作達爾文；同時他懷疑如果沒有如我等卑微之人，又怎能襯托出達爾文與巨人之雄偉？莉莉想要恭維他；她想要說：班克斯先生，你並不卑微。但是他不想要別人的恭維（她想大多數人都想要），她為她的衝動覺得羞愧，因此當他說也許他所說的並不適用於畫時，她什麼也沒說。莉莉擺脫她那些微的不真誠，說：無論如何，她會繼續畫畫，因為她對它有興趣。是的，班克斯先生說，他確信她會如此做，而當他們到達草地盡頭時，他問她在倫敦找尋主題有沒有困難，這時他們轉身看到雷姆塞夫婦。

所以那就是婚姻，莉莉想，一個男人與一個女人看一個小女孩丟球。那就是雷姆塞太太那天晚上想要告訴我的，她想。因為她穿著一件綠色的披肩，他們靠攏站著看普璐與傑斯白傳球。突然間意義降臨到他們身上，使得站在薄暮中注視的他們變成婚姻的象徵，丈夫與妻子，這種意義的來到完全沒有其他的原因。也許當人們走出地下鐵或按門鈴時，這種意義就會降臨到他們身上，使他們具有象徵性、代表性。然後，在一剎那之後，那超越真實人形的輪廓再度消沉，當他們會合時，他們又變成雷姆塞先生與太太，注視著小孩傳球。然而，在這一刻中，雖然雷姆塞太太以她慣常的微笑招呼他們（啊，她在想我們要結婚了，莉莉想）而且說：「我今晚贏了，」意思是說班克斯先生終於答應與他們晚餐，而不回到他自己的住所（他的住所中有個僕人菜燒得很好；然而，在這一刻中，當球高飛到空中，當他們的眼睛追蹤它，失去它，當他們看到那一個星星與垂掛的樹枝，有一種感覺產生——事物被吹開了，吹離了空間，吹離了責任的空無。在黯淡的暮色中它們看起來都很尖銳、虛幻，而且都被極大的距離分割開來。然後普璐在廣大的空間中向後快跑（因為實體性似乎已經完全消失了），她搖搖晃晃地撞到他們身上，左手高高舉起接住球，然後她的母親說：「他們還沒回來嗎？」於是符咒破解了。雷姆塞先生現在才覺得暢快，開懷大笑休姆的事，他被夾在廁所中，一個老婦人肯救他出來，但條件是要他背誦主的禱文。他一個人笑著走向他的書房。雷姆塞太太將逃脫的普璐拉回來玩投球接球的遊戲，問她：「南西有沒有跟他們去？」

XIV

當然南西跟他們去了，因為當南西午餐後離開往她的閣樓走去，去逃避家庭生活的恐怖時，明黛・道伊爾伸出她的手，用她沉默的表情要求她跟他們去。她想她得去了。她並不想去。她完全不想被牽連進去。因為在他們沿著通往懸崖的路走時，明黛一直抓著她的手。然後她會放掉它。然後她又會再抓住它。她想要什麼？南西問她自己。當然有某些東西是人們想要的；因為當明黛抓住她的手時，南西不情願地看到整個世界鋪展在她的腳下，好像從霧中看君士坦丁堡，然後，不論一個人眼睛多麼模糊，他必須要問，「那是聖蘇菲亞嗎？」「那是金角嗎？」明黛抓住她的手時，南西這麼問，「她想要的是什麼？是那個嗎？」而那又是什麼？在霧中到處出現（當南西俯視她腳下的人生）一座尖塔、一座圓頂；顯著的事物，沒有名字。但是當明黛放下她的手，跑下山坡時，所有那些東西，圓頂、尖塔、所有那些從霧中凸顯出來的東西都沉沒到其中，不見光影。

安德魯觀察到明黛是一個相當不錯的散步者。她穿的衣服比大多數的女人所穿的有道理。她穿非常短的裙子與黑色的短褲。她會直直跳入一條河中笨拙地游過去。他喜歡她的不假思索，但是他看出那樣是不行的——她那種白癡的作法搞不好那天會害死她。她好像什麼都不怕——除了公牛之外。在原野中她只要看到公牛一眼，她就會舉起她的手臂尖叫逃跑，而那當然正是會激怒公牛的事情。但是她一點也不在意承認這件事；一個人一定要承認那一點。她說她知道面對公牛時她是個徹底的懦夫。她想當是她嬰兒時她一定在她搖籃車中被搖晃震撼過。她好像不在意她說什麼、做什麼。現在她突然衝到懸崖的邊緣，開始唱某首歌。

詛咒你的眼睛，詛咒你的眼睛

他們所有人都必須參與，唱合音的部分，一起高唱：

詛咒你的眼睛，詛咒你的眼睛

但是如果在他們到達海灘前，讓潮水進來淹沒所有好的尋獵處，那就太糟了。

「太糟，」保羅同意，跳起來，然後當他們往下滑行時，他一直引述旅遊指南中的話：「這些島嶼因為它們如公園般的景色與它們海中繁雜且多量的珍奇之物而馳名，名副其實。」但是安德魯感覺那是完全沒有用的，這種高唱以及詛咒你的眼睛，安德魯在選擇往懸崖下走的路時想著，拍打他的背，喊他「老兄」以及所有那些；那是完全沒有用的。那是帶女人出來散步最糟的一點。到達海灘時他們散開來，他往外朝主教鼻走去，脫掉他的鞋子，將他的短襪捲在鞋子中，讓那一對情人照顧他們自己；南西涉水到她自己的岩石上去，尋找她自己的池塘，讓那一對情人照顧他們自己。她蹲伏下身子，觸摸平滑的，像橡皮一樣的海葵，它們附著在岩石邊上，像一團團的凍子。沉思著，她將池塘變成大海，將小魚變成沙魚、鯨魚。她用手對準太陽，將這小小的世界籠罩在大片的烏雲下，如上帝祂自己一般將黑暗與孤寂帶給數以百萬計的無知的、無辜的人，然後她突然將手拿開，讓太陽射下。在外面，作了十字記號的暗淡的沙上，某種神奇的大海獸在潛行著，牠踏著高高步伐，身邊垂著鬚，戴著粗大的手套（她還在擴大池塘），然後沒入山邊巨大的裂縫中。然後她讓她的眼睛不經意地滑到池塘上，停留在那海天之間搖曳的線上，停留在那汽船的煙霧，使之搖曳在地平線上樹幹上，這時，隨著那野蠻地掃入而又不可避免地消退的力量，她被催眠了，而那兩種在其中展開的巨大與細小（池塘又縮小了）的感覺使她覺得她的手足都被綑綁住，她無法移動，那感覺的強烈將她自己的身體、她自己的生命、以及這世界所有人的生命都降低為空無，永遠如此。如此聽著浪濤，蹲伏在池塘邊上，她沉思著。

然後安德魯大叫說海水灌進來了，於是她跳起來，涉過淺水的波浪上了岸，跑上海灘，然後為自己的衝動與追求快速運動的慾望所帶領，跑到一塊岩石後面，而在那兒，天啊！保羅與明黛擁抱在一起！可能在接吻。她憤怒、不平。她與安德魯沉默地穿上鞋襪，沒對此事說一個字。事實上他們互相說話滿尖刻的。安德魯抱怨說她看到小龍蝦或不管其他什麼時候該叫住他。但是他們都覺得：「那不是我們的錯。」他們並沒有希望這可怕的討厭事發生。但安德魯仍然覺得不安，因為南西是個女人，南西也不安，因為安德魯是個男人。他們整齊地將鞋繫好，將蝴蝶結拉得很緊。

等他們再度爬到懸崖頂上時明黛才喊叫說她丟了她祖母的別針——她祖母的別針，她唯一擁有的裝飾品——一株柳樹，它是（他們一定記得）珍珠串成的。她說他們一定見過它，淚流下她的臉頰，她祖母直到她臨終的一天都還用那別針來繫她的帽子。現在她將它丟了。她寧可丟掉其他任何東西！她要回去找它。他們都走回去。他們用手撥，仔細地看、注視。他們頭垂得很低，簡短粗暴地說話。保羅．瑞利像個瘋子似地在他們坐過的岩石四周搜尋。當保羅告訴安德魯「在這一點與那一點之間仔細地找」時，安德魯覺得這樣一團忙亂尋找一根別針是完全沒有用的。潮水湧進得很快。海水會將他們一分鐘前坐的地方淹沒。他們現在不可能有一點機會找到它的。「我們會被困住！」明黛尖叫起來，她突然覺得害怕。好像真的有那樣的危險！這又是跟公牛的事情一樣——她無法控制她的情緒，安德魯想。女人都是這樣。可憐的保羅得安慰她。這兩個男人（安德魯與保羅突然變得有男子氣概，跟平常不同）簡短地商議了一會，決定在他們坐過的地方插上瑞利的棍子，等退潮時再來找。現在無法再做什麼事了。他們向她保證說如果別針在那兒，那麼明天早晨它還是會在那兒的，但明黛還是在哭泣，一路哭到懸崖頂上。那是她祖母的別針；她寧可丟掉任何其他的東西，但是南西覺得雖然說她是在意丟失她的別針，不過她不是為那件事兒哭。她還為其他的事情而哭。我們都可能坐下來哭，她覺得。但是她不知道為什麼。

保羅與明黛一起往前走，他安慰她，他說他找東西是有名的。他還是個小男孩時，他有次找到一個金錶。他天一亮就會起床，他確信他能找得到它。在他看來天色幾乎還是暗的，而他會一個人在海灘上，而且會滿危險的。但是，他開始告訴她，他一定會找到它，而她說她不要再聽到他說天一亮就要起床：它已經丟了；她知道；她那天下午戴上它時就有預感了。他私下決定他不要告訴她，但是在黎明他們都還在睡覺時他會溜出屋去，如果他找不到，他會到愛丁堡給她另外買一個，就像那個一樣，但是更美麗。他會證明他能做到。而當他們到達山上，看到鎮上的燈光在他們腳下，一盞一盞突然亮起的燈光看來就像將要發生在他身上的事——他的婚姻，他的小孩、他的房子；當他們往外走到為高高的灌木所遮蔽的山路時，他又想他們會如何地一起退入孤獨，一直往前走，他總是領著她，而她緊靠著他身邊（就像她現在一樣）。當他們在交叉路轉彎時，他想他所經歷的是多麼駭人的經驗呀！他一定要告訴某個人——當然是雷姆塞太太，因為他一想到他所經歷的事就為之屏息。當他請求明黛嫁給他時，那真是他生命中最糟的時刻。他會立刻去找雷姆塞太太，因為他覺得她似乎就是使他去做那件事的人。她使他覺得自己能做任何事。沒有其他人認真地對待他。但是她使他相信他能做任何他想做的事。他感覺今天一整天她的眼睛都在注視他，跟隨著他（雖然她沒說一句話），好像她在說，「是的，你做得到。我相信你。我預期你做得到。」她使他有那種感覺，因此等他們一回來（他找尋海灘上那座房屋的燈光），他會立刻去找她，說「雷姆塞太太，我做到了；謝謝妳。」於是當轉進通往那座巷子時，他可以看到燈光在樓上的窗子中搖曳。他們一定很晚了。人們在準備吃晚餐了。整個房子都點起了燈，而黑暗之後的燈光使得他的眼睛覺得盈足。當他走上車道時，他孩子氣地對自己說：燈光、燈光、燈光；當他們走進房子時，他又恍惚地重複：燈光、燈光、燈光。他注視四周，他的臉變得相當僵硬。但是，老天爺，他對自己說，用手摸摸他的領帶，我絕對不可愚弄我自己。

XV

「是的，」普璐體諒地回答她母親的問題說：「我想南西跟他們去了。」

XVI

好吧，南西跟他們去了，雷姆塞太太想。當她放下一支畫筆，拿起一把梳子，聽到敲門聲說「進來」（傑斯白與露絲進來）時，她想知道南西跟他們在一起這件事會不會使得任何事較不可能或更有可能發生；雷姆塞太太很不理性地感覺那會使它較不可能發生，畢竟這種程度的毀滅是不可能的。他們不可能全被淹死。於是她再度感覺到在她仇敵——生命——面前她是孤獨的。

傑斯白跟露絲說米德蕾想要知道她是否該服侍晚餐了。

「看在英格蘭王后的面上，不要。」雷姆塞太太強調地說。

「看在墨西哥女皇的面上，不要。」她加上一句，對著傑斯白笑；因為他跟他母親有同樣的邪惡；他也喜歡誇大。

當傑斯白去傳話時，她說如果露絲喜歡的話，她可以選擇她要戴的珠寶。當有十五個人坐下來吃晚餐時，可不能讓事情。她開始為他們的遲歸感到惱怒；他們沒有顧及到別人，而且在她為他們感到的憂慮之上她還因他們偏偏選擇這個晚上遲遲逗留在外面而惱怒，事實上她希望這頓晚餐能夠非常美好，因為威廉．班克斯終於答應與他們一起用餐；他們將要吃米德蕾的拿手菜——瓦蒸鍋牛肉。所有的菜一燒好就得立刻上桌。牛肉，月桂葉，還有葡萄酒——所有這些都要恰到好處。讓它等著是不可能的。但偏偏在今晚，他們出去，他們遲歸，東西必須端上桌，東西必須被保持熱度；瓦蒸鍋牛肉會被完全破壞的。

傑斯白拿給她一條貓眼石項鍊；露絲拿給她一條金項鍊。哪一條配她黑色的禮服比較好看呢？到底哪一條呢？雷姆塞太太心不在焉地說，注視著她鏡中的頸子與肩膀（但是她避免看她的臉）。然後，當孩子翻弄她的東西時，她往窗外看去，看到一幅總是令她覺得有趣的景象——烏鴉企圖決定棲息在那一株樹上。牠們似乎每一次都會改變心意，再度飛到空中，因為，她想，那隻老烏鴉、烏鴉爸爸（老約瑟夫是她給牠取的名字）是一隻性情非常令人難以忍受的鳥。牠是一隻不太好看的老鳥，一半的羽毛都掉了。牠就像一位她曾在酒店前面看過戴著高頂禮帽，吹著號角的憔悴老紳士。

「看！」她笑著說。他們真的在打架。約瑟夫與瑪麗在打架。反正牠們都再度飛起來，於是空氣被牠們黑色的翅膀推開，被切成精巧的彎刀形狀。翅膀在外、外、外拍擊的運動——她對它的描述永遠無法精確到令她自己滿意——對她而言這是最美麗的景象之一。看那個，她對露絲說，希望露絲能夠比她更清楚地看到它。因為小孩經常能將父母的感覺往前推進一小步。

但是該要哪一個呢？他們將她所有珠寶盒中的盤子都打開。義大利的金項鍊呢？或是詹姆士叔叔從印度帶給她的貓眼石項鍊呢？或者她是否該戴她的紫水晶呢？

「選擇，親愛的，選擇。」她說，希望他們能快點。

但是她讓他們慢慢地選擇：她尤其讓露絲拿起這個，拿起那個，然後將她的珠寶與黑色的禮服比對，因為她知道這每天晚上進行的選擇珠寶的小小的儀式是露絲最喜歡的。她有她自己的隱密的原因，將這件選擇她母親要戴什麼的事賦予其重要性。雷姆塞太太很好奇那原因是什麼，她站著不動，讓她抓緊她所選擇的項鍊。她回想過去，推測一個人在露絲的年齡時對母親所感受到的某種深刻的，埋藏起來的，無言的感覺。雷姆塞太太想，就像一個人對自己的所有感覺一樣，它使一個人哀傷。一個人所能回報的是如此地不盈足；而露絲索感覺的與真實的她不成比例。而露絲會長大；而且，她想，這種深刻的感覺會使露絲受苦，於是她說她現在準備好了，他們該下去了；而傑斯白，因為他是紳士，應該讓她挽他的手，而露絲，因為她是淑女，應該拿她的手帕（她給她手帕），而還有什麼呢？噢，對了，可能會冷：要件披肩。替我選一件披肩，她說，因為那會使露絲高興，她注定要如此受苦。「那兒，」她停在樓梯中間的窗子前面說：「牠們又來了。」約瑟夫棲息在另一株樹的頂上。「你不認為牠們會介意嗎？」她對傑斯白說：「牠們的翅膀都壞了。」他為什麼要射可憐的老約瑟夫跟瑪麗呢？他在樓梯上拖著步子走了一下，他感覺受到斥責，但不怎麼嚴厲，因為她並不了解射鳥的樂趣；他們不會感受到那種樂趣；而作為他的母親，她活在這個世界的另一個區域，但是他滿喜歡她說的關於瑪麗與約瑟夫的故事。她使得他笑。但是她怎麼知道那兩隻鳥是瑪麗與約瑟夫呢？她以為每天晚上都有同樣的鳥到同樣的樹上嗎？他問。但是這時，突然，就像所有的成人一樣，她不再注意他了。她在聽大廳裡發出的一陣嘈雜聲。

「他們回來了！」她大叫，突然間她對他們感覺更惱怒，而並非覺得安慰。然後她想知道它發生了嗎？她會走下去，然後他們會告訴她——但是，不。這麼多人在旁邊，他們不會告訴她任何事的。所以她必須下去，開始晚餐，等待。於是，就像某位王后，發現她的臣民聚集在大廳，俯視他們，下來走到他們其中，靜默地承受他們的敬意，並且接受他們的忠誠與他們的俯身致敬（保羅在她經過時，肌肉動都沒動一下，直直地往前注視），她走下來，穿過大廳，微微地點頭，好像她接受他們所說不出來的：他們對她美貌的敬意。

但是她停下來。有一股燒焦的味道。他們是不是把瓦蒸鍋牛肉燒得過頭了，她想知道。老天爺保佑不要！這時銅鑼巨大的響聲莊嚴地、權威地宣布，所有散佈在四周，在閣樓中，在臥室中，在他們自己小小的棲息所中，閱讀、寫字、最後一次將頭髮撫平，或是在束緊衣服的人，必須離開所有那些事；他們必須離開洗衣桌與梳妝臺上的零星雜物，床前小桌上的小說，以及私人性的日記，到餐廳聚集準備用晚餐。

XVII

但是我對我的生命做了什麼呢？雷姆塞太太在桌首坐下時想，注視著所有的盤子在桌上形成白色的圓周。「威廉，坐在我旁邊。」她說。「莉莉，」她疲倦地說：「坐在那邊。」他們有那個——保羅．瑞利與明黛．道伊爾——她，只有這個——一張無限長的桌子、盤子與刀子。在遠遠另一端是她的丈夫，他坐下去，一大團身子，皺著眉頭。為什麼皺眉頭呢？她不知道。她不在意。她無法了解她怎麼會曾經對他有過任何情與愛的感覺。在她為大家舀湯時，她有一種度過了所有事情，經歷了所有事情，遠離了所有事情的感覺，好像有一股漩渦——就在那兒——一個人可以在它之中，或者一個人可以遠離它，而她就是遠離它。當他們一個接著一個進來，查爾士．譚斯理——「請坐那兒。」她說——奧嘉斯塔．卡米凱爾——然後坐下來。同時她被動地在等待，等待某個人回答她，等待某件事發生。但是，舀湯時，她想：這不是一個人所該說的話。

她抬起眉毛看著這種矛盾——那是她正在想的，這是她正在做的——舀出湯——她愈來愈強烈地感覺遠離了那漩渦；或者，好像是一團陰影落下，而且，因為被剝奪了色彩，她真實地看到事情。這房間（她四周看看）很簡陋，沒有一個角落是美麗的。她忍住不去看譚斯理先生。似乎沒有任何東西融合。他們都孤單地坐著，相互分離。所有融合、滿盈與創造的努力都落在她的身上。她再度感覺到（一個沒有敵意的事實）男人的貧瘠，因為如果她不做，沒有人會去做它；因此，她輕輕搖晃一下她自己，就像一個人搖晃一只停止走動的錶，於是那古老熟悉的脈動開始敲打，就像錶開始滴滴答答——一、二、三、一、二、三。如此一遍又一遍，她重複著，傾聽著它，庇護著看護著仍然微弱的脈動，就像一個人用張報紙守衛著微弱的火苗。然後，將身子靜靜轉向威廉．班克斯，她對自己下結論說——可憐的人！

他沒有妻子，沒有小孩，除了今晚之外都孤單地在住所吃飯；懷著對他的憐憫，而且現在生命又強得足以支持她，她開始這整件事，就像一個並非毫無倦意的水手看著風吹滿他的帆，但是他並不太想離開，他並且想像著，如果船沉下去，他會如何地旋轉又旋轉，最後在海底尋得寧靜。

「你找到你的信了嗎？我告訴他們將那些信留在大廳給你，」她對威廉・班克斯說。

莉莉・布里斯柯看著她漂流到那奇異的無人之境，在那兒跟隨人是不可能的，但是他們的離去④使那些觀看他們的人感受到一陣寒意，以至於他們總是試圖至少用他們的眼睛跟隨他們，就像一個人目送一艘逐漸消失的船，直到船的帆沉沒到地平線之下。

她看起來多麼老，她看起來多麼疲累，莉莉想，而且多麼遙遠。然後當她轉向威廉・班克斯，微笑著，好像那艘船已經轉了向，太陽又照它的帆上，而莉莉覺得有趣（因為她已經解除痛苦），她想：她為什麼會憐憫他呢？那正是她所給予人的印象，當她告訴他，他的信在大廳中。她似乎在說：可憐的威廉・班克斯，彷彿她自己的疲累有一部分是由於憐憫人，而體內的生命，她再度活下去的決心被憐憫所激發。而那並不是真的，莉莉想，那是她錯誤的判斷之一，那似乎是本能的，而且是來自於她自己的某種需要，而非別人的需要。他一點也不需要被憐憫；他有他的工作，莉莉對她自己說。突然間，好像她找到寶藏似的，她想起她也有她的工作。一剎那間她看到她的畫，她想：是的，我要把樹擺到中間一點，那麼我就可以避免那尷尬的空白。那是我將要做的，那是曾經困擾我的。她拿起鹽罐，將它放在桌布上一朵花的圖案上，藉此提醒她自己移動樹的位置。

「真奇怪，一個人很少從信得到什麼有價值的東西，但是一個人總是想得到信。」班克斯先生說。

他們在談什麼鬼東西，查爾士．譚斯理想。他將他擦拭乾淨湯匙放在他盤子的正中央，莉莉想這好像是（他坐在她對面，他的背面對著中間的窗戶）他已下定決心好好用他的餐。在他周邊的所有東西都有那種貧瘠的固著性，那種空洞的可厭性。然而事實是，如果一個人注視任何人，不喜歡他們幾乎是不可能的。她喜歡他的眼睛；它們是藍色的、深凹進去，令人害怕。

「你寫很多信嗎？譚斯理先生。」雷姆塞太太問，莉莉想她也憐憫他；因為雷姆塞太太真是如此——她總是憐憫男人，好像他們缺少某些東西——女人從不會這樣，好像她們擁有某些東西。他寫信給他的母親；除此之外他想他一個月也寫不了一封信，譚斯理先生簡短地說。

因為他不要談論這些人要他談論的鬼東西。他不想向愚蠢的女人屈尊降貴。他原先在他

④ 指前一段的水手與船。此處敘述觀點轉到莉莉身上。

房中讀書，現在他走下來，這些在他看來是愚蠢、膚淺、脆弱的。她們為什麼要穿得那麼正式呢？他穿著他普通的衣服下來。他沒有任何禮服。「一個人從信件中從來都得不到有價值的東西」——那就是他們總是在談論的事。她們使得男人說那種事。是的，那是真的，他想。她們從一年的盡頭到另一年從來都得不到什麼有價值的東西。她們什麼也不幹，只知道談，談，談，吃，吃，吃。那是女人的錯。女人以她們所有的「魅力」，她們所有的愚蠢，使得文明成為不可能。

「明天不可能去燈塔了，雷姆塞太太。」他胸有成竹地說。他喜歡她；他讚美她；他還在想著那個從排水管中抬起頭看她的人；但是他覺得他必須肯定他自己。

儘管他的眼睛長得不錯，但是看看他的鼻子，看看他的手，莉莉想，他真的是她所見過最沒有魅力的人。那麼她為什麼要介意他所說的話呢？女人不能寫，女人不能畫——這句話從他口中說出有什麼關係呢？因為顯然他並不覺得這句話是真的，但是為了某種原因這句話對他有幫助，那就是他為什麼說它。為什麼她整個人彎下，像玉蜀黍在風中彎下，然後又以巨大且相當痛苦的氣力從這貶抑中挺直自己呢？她一定要再做一次。樹枝狀的裝飾在桌布上；我的畫在那兒；我一定要將樹移到中間；那很重要——其他的都不重要。她問她自己；她難道不能把持那一點，不要發脾氣，不要辯論；而且如果她想報個小仇，何不嘲笑他一下。

「啊，譚斯理先生，」她說，「帶我跟你去燈塔吧。我真想去。」

他看得出她在說謊。為了某種原因，她在說虛情假意的話使他惱怒。她在嘲笑他。他穿著他老舊的法蘭絨褲子。他沒有別的褲子。他覺得非常粗野、孤立與寂寞。他知道她為了某種原因試圖嘲弄他；她並不想跟他去燈塔；她瞧不起他；普璐．雷姆塞也是一樣；她們都是一樣。但是他不想被女人愚弄，於是他故意在椅子上轉動身子，往窗外看去，並且立刻粗魯地說明天天氣對她來說會太壞的。她會生病的。

她逼他這樣說話使得他惱怒，而且雷姆塞太太又在聽著。他想，要是他能一個人在他自己的房間中工作，為他的書所圍繞，該有多好。那是他感覺到舒適的地方。而且他從來沒有負過一分錢債；自從她十五歲後他就沒有花過他父親一分錢；他還用他的儲蓄幫助過他的家人；他在教導他的妹妹。然而他還是希望知道如何恰當地回答布里斯柯小姐的話；他希望他不會立刻冒出那種話。「你會生病的。」他希望他能想到某些話對雷姆塞太太說，向她顯示他並不是個無趣的自命不凡者。他們都認為他是那樣的人。他轉向她，但是雷姆塞太太在跟威廉．班克斯談他從來沒聽過的人。

「是的，拿走它。」她打斷她正對班克斯先生說的話，對女僕簡短地說。「我最後看到他們一定是十五——不，是十年前了。」她轉回身再對他說，好像她不能有一刻不說話，因為她正專注於他們所說的話。原來他今晚剛好接到她的信！卡莉還住在馬婁嗎？所有事情都沒變嗎？噢，她記得一切就像它是昨天發生的一樣——在河上，覺得很冷。但是如果曼寧那一家人訂了一個計畫，他們會堅持下去的。她絕不會忘記赫伯特用根茶匙在河堤上打死一隻黃蜂！而牠還在繼續飛著，雷姆塞太太冥想，像一個鬼滑過泰晤河堤上那客廳中的椅子與桌子，二十年前她在那兒，覺得非常冷；但是現在她走在他們之中，像一個鬼；而它令她陶醉，彷彿由於她已經改變，那特別的一天，現在變得非常靜止、美麗，這麼多年來都停留在那兒。卡莉自己給他寫信嗎？她問。

「是的。她說他們建一間新的撞球間。」他說。不！不！那是不可能的！建一間撞球間！那在她看來是不可能的。

班克斯先生看不出那有什麼奇怪的。他們現在很富有了。要不要他代她問候卡莉？

「噢，」雷姆塞太太有點受驚嚇地說。「不。」她說，她想她並不認識這位建新撞球間的卡莉。但是多麼奇怪呀，她重複地說（這令班克斯先生絕得有趣），他們居然還在那兒繼續生活著。想到他們這些年來能夠一直繼續生活，而她在這段時間中只不過想過他們一次，真是令人驚訝。她在這些年的生活中發生過這麼多事。但是也許卡莉．曼寧也不會想到過她。這個想法很奇異，很令人厭惡。

「人們分散得很快。」班克斯先生說，但是他仍然感覺到某種滿足，當他想到畢竟他認識曼寧與雷姆塞兩家人。他並沒有與人分開，他想，他放下他的湯匙，拘謹地擦拭他修得乾乾淨淨的嘴唇。但是也許在這件事上他是特殊的，他想：他從不讓自己落入某種生活圈圈。

他在各界都有朋友……雷姆塞太太這時必須停下來告訴女僕將食物保持溫熱。那就是他為什麼比較喜歡單獨用餐。所有這些中斷令他惱怒。威廉·班克斯想：保持一種彬彬有禮的風度，微微地在桌布上張開左手的手指，就像一位技師檢查一個琢磨得美麗，把玩一會兒後就要使用的工具，這就是一個人被朋友所要求的犧牲。如果他拒絕來，會令她傷心。但是，這一頓對他來說並不划算。看著他的手，他想如果是他一個人，晚餐可能已經快要吃完了，他就可以有空閒去工作了。是的，他想，這是可怕的時間浪費。小孩還在跑進來。「我希望你們其中一個可以跑上羅傑的房間。」雷姆塞太太說。跟另外一件事——工作——比起來，他想，這多麼無關緊要，多麼令人厭煩。他坐在這兒，在桌布上敲打他的手指，當他也許可以——他快速地鳥瞰了一下他的工作。當然，這是多麼浪費時間！但是，他想，她是我最老的朋友之一。就把這當作我對她的摯愛。但是現在，在這一刻，她的存在對他而言完全沒有任何意義；她的美麗對他沒有任何意義；她與她的小兒子坐在窗前——沒有意義，沒有。他只希望單獨一人，拿起那本書。他覺得不舒服；他覺得自己很奸詐，坐在她旁邊，對她沒有任何感覺。事實是他不喜歡家庭生活。而正是在這種狀態之中，一個人會問自己：一個人為什麼活著？一個人問自己：為什麼一個人要如此辛苦工作，使人類繼續生存？那是如此非常需要的嗎？我們作為一種族是有吸引力的嗎？並非如此，他想，看著那些不太乾淨的男孩。他最喜歡的康敏已經上床了，他想。愚蠢的問題，虛妄的問題，一個人如果忙碌時絕不會問的問題。人生是這樣？人生是那樣？一個人從沒有時間去想它。但這時他問他自己那種問題，因為雷姆塞太太在向僕人發令，而且也因為他想到雷姆塞太太多麼驚訝卡莉．曼寧還存在著，而友誼，即使是最好的，也是脆弱的東西。人與人分離。他再度責備他自己。他坐在雷姆塞太太身邊，但是他沒有任何話對她說。

「我真抱歉。」雷姆塞太太最後轉向他說。他覺得僵硬、空無，像一雙浸過水又乾掉的靴子，你幾乎無法將腳塞進去。但是他必須將腳塞進去。他必須使他自己講話。除非他很小心，否則她會發現他的奸詐；她會發現他根本不在意她，而那將不會令人愉快，他想。所以他彬彬有禮地將頭轉向她。

「你一定很討厭在這種吵鬧的地方用餐。」她說，她在分心時就會使用她這種社交手法。就如在某個會議上有言語的衝突時，主席為了獲得一致，建議每個人用法語發言。也許那是壞的法語；法語也許並不包含發言者所要表達的字眼，但是以法語發言會造成某種秩序，某種統一性。用同樣的語言回答她，班克斯先生說：「不，一點也不會。」譚斯理先生因為不懂得這種語言，即使是如此以單音節的字說出，立刻懷疑起它的不真誠。他們真的在鬼扯，他想，雷姆塞這一家；於是他高興地攫補這個新的例子，作下紀錄，以備將來有一天向他一兩個朋友大聲宣讀。在那兒，在一個可以抒發己意的社會中，他會嘲諷地描述「與雷姆塞一家人住在一起」以及他們所鬼扯的話。做一次是值得的，他會說；但再做就不值得了。女人如此令人厭煩，他會說。當然，雷姆塞因為與一個美麗的女人結婚，有了八個小孩而使他自己挫敗。那種情況會使自己塑造成那副樣子，但是現在，在這一刻，他釘死般坐在那兒，旁邊隔著一張空椅子，沒有任何東西自行塑造成任何形狀。一切都是碎片、斷片。他覺得極度地不舒服，即使是身體上也一樣。他希望某個人給他個機會肯定他自己。他如此熱切地需要它，使得他在他的椅子上坐立不安，看看這個人，然後看看那個人，試圖插入他們的談話，張開他的嘴巴又閉上它。他們在談漁業。為什麼沒有人問他的意見呢？關於漁業他們知道什麼呢？

莉莉．布里斯柯了解他的心意。坐在他的對面，就像看一張X光的照片，難道她看不到肋骨、大腿骨，看不到這年輕男人的慾望，看不出他的慾望，想要使躲在黑暗霧中的肉身留給別人深刻的印象？那層稀薄的霧是傳統散佈在他企圖插入別人談話的熾熱慾望之上的。但是，她瞇起眼睛想，記起他是如何地嘲諷女人，「不能畫，不能寫，」我為什麼要幫助他解除痛苦呢？

她知道有一種行為的準則，其中的第七條（可能是第七條）說遇到這種場合，一個女人無論她自己在做什麼，都應該去幫助對面的年輕男人，使他能夠暴露他的大腿骨、肋骨，使他解除他的虛榮，解除他肯定自己的熱切慾望；這就像是如果地下鐵道失了火，他們真的也有責任幫助我們，她以老處女的持平心態這麼想。然後，她想，我一定會預期譚斯理先生救我出去。但是，她想，如果我們兩個都沒有做這些事，會怎麼樣呢？所以她坐在那兒微笑。

「你並不打算去燈塔，是不是，莉莉？」雷姆塞太太說。「記得可憐的蘭利先生；他環遊世界好多次，但是他告訴我當我丈夫帶他到那兒時是他最痛苦的時候。你是個好水手嗎？譚斯理先生。」她問。

譚斯理先生舉起一支槌子，將它揮到空中；但是當它落下時，他了解他不能用這樣的器具打擊那隻蝴蝶，所以他只說他這一輩子從沒暈過船。但是就像槍中的火藥一樣，那個句子中緊緊包藏著幾句話：他的祖父是個漁夫；他的父親是個化學家；他完全是一個人爬上來的；他為此感到驕傲；他是查爾士．譚斯理——一個似乎無人知曉的事實，但是將來有一天每一個人都會知道的。他往前怒目而視。他幾乎可以憐憫這些和善的、有教養的人；將來有一天他們會被他的火藥炸到空中，像一綑綑的羊毛，一桶桶的蘋果。

「你要帶我去嗎？譚斯理先生。」莉莉迅速地、仁慈地說；因為，如果雷姆塞太太對她說，事實上她已經對她說：「親愛的，我快要在火海中淹死了。除非你敷一些膏藥到這一時刻的痛苦上，對那邊那位年輕男士說些好話，否則生命會觸礁而碎的——事實上我在這一刻已聽到摩擦聲與隆隆聲。我的神經緊得像小提琴的弦。再碰觸一下，它們就會折斷的」——雷姆塞太太說了這些，她眼睛中的閃光說了這些話，當然莉莉．布里斯柯必須第一百五十次地放棄實驗——如果一個人不對那邊那個年輕男士親切的話，會發生什麼事——親切地對待他吧。

正確地判斷了她心情的轉變——現在她對他友善了——他解除了他的自負，告訴她當他是個嬰兒時他如何被拋出一艘船去；他的父親如何用一根船鈎將他釣起；那就是他如何學會游泳的。他的一位叔叔在蘇格蘭海岸外的某塊岩石上點亮燈光，他說。他在一場暴風雨中跟他待在那兒。這些話被他斷斷續續地大聲說出來。當他說到他曾在一場暴風雨中與他叔叔躲在一座燈塔中時，他們都必須傾聽他說的話。當對話如此好轉，當她感覺到雷姆塞太太的感激（因為雷姆塞太太現在可以隨意自己談一會兒話），啊，莉莉．布里斯柯想，但是我不是付出一切去為妳得到它嗎？她不真誠。

她用了很平常的一計——親切。她永遠不會了解他，他也永遠不會了解她。人與人的關係就像那樣，她想，而最壞的（如果不是因為班克斯先生的緣故）就是男人與女人的關係。無可避免地，這些都極度地不真誠。然後她的眼睛瞥見那鹽罐，那是她放在那兒提醒自己的，於是她想起來明天早晨她要將樹移往中間一點，想到明天要畫畫，她的精神就飛揚得如此之高，以至於譚斯理先生說的話使她大笑。讓他說個整晚吧，如果他喜歡的話。

「但是他們將人留在燈塔裡多久呢？」她問。他告訴她。他的知識豐富得令人驚訝。而且因為他感激，因為他喜歡她，因為他開始感到快樂，所以現在，雷姆塞太太想，她可以回到那塊夢土，那不真實但令人陶醉的地方，二十年前曼寧家人在馬婁的客廳；在那兒一個人可以不匆不忙，不憂不慮地到處行走，因為沒有未來讓人去擔憂。她知道他們發生了什麼事，她發生了什麼事。這就像再次閱讀一本好書，因為她已知道故事的結局，因為它是在二十年前發生的，而生命甚至就從這張餐桌如小瀑布般往下落，天知道往哪兒去，生命就被封鎖在那兒，像一泓湖水般平靜地橫亙在它的兩岸間。他說他們建了一間撞球間——那是可能的嗎？威廉會繼續談曼寧那家人嗎？她希望他談。但是，不——因為某種原因他不再有那種心情。她試圖要他談。他沒有反應。她不能逼迫他。她很失望。

「孩子們真失禮。」她嘆口氣說。他說守時是我們年紀大些時才會修得的一種次要美德。「如果真能修得。」雷姆塞太太說，她只是為了填補空白，她想威廉已經變成了一個老處男。意識到他的奸詐，意識到她想要去談些更親密的事，但是現在沒有心情，他感覺到生命的不愉悅掌握了他，於是坐在那兒，等待。也許其他人在說些有趣的事？他們在說什麼？

他們在說現在不是捕魚的好季節；說很多人遷居國外。他們在談薪水、失業。那個年輕男士在指責政府。威廉．班克斯想：當私人生活令人不愉悅時，能聽聽這種事情真好，他聽到他說什麼「目前政府最可恥的行為之一」。莉莉在聽，雷姆塞太太在聽，他們都在聽。但是莉莉已經厭煩了，她感覺到缺少某些東西；班克斯先生也感覺缺少某些東西。將披肩圍在她身上，雷姆塞太太也感覺缺少某些東西。他們都屈身傾聽，想著：「老天爺保佑我的內心不要暴露出來，」每一個想法都不要暴露內心，「其他人都有這種感覺。他們為漁夫對政府感到憤怒而義憤填膺。然而我卻沒有任何感覺。」但是，當班克斯先生注視譚斯理先生時，他想：「也許這個人在這裡。一個人總是在等這個人。總是有機會。在任何時刻領導者都可能起來；具有天才的人，在政治或在任何其他事嶄露頭角。也許對我們這些老頑固來說他非常令人不愉快，班克斯先生想。他盡他最大的努力去體諒，因為由於某種奇怪的身體上的感覺，好像脊椎骨裡的神經直立起來，他知道他在忌妒，一部分是因為他自己，一部分更可能是因為他的工作，因為他的觀點，因為他的科學；因此他不是完全心胸開放，或是完全公平，因為譚斯理先生似乎在說：你們浪費了你們的生命。你們都錯了。可憐的老頑固，你們都落伍了，沒有任何希望了。這個年輕人似乎相當相當自信；而他的態度很不好。但是班克斯先生強迫自己作如是觀：他有勇氣；他有能力；他對事實非常熟悉。班克斯先生想：單譚斯理在指責政府時，他說的話也許有道理。

「現在告訴我……」他說。他們如此地論辯政府問題，莉莉看著桌布上的樹葉；而雷姆塞太太將這種論辯完全交到這兩位男人的手上，她很奇怪為什麼她對這種談話感到這麼厭煩，她看著坐在桌子另一邊的丈夫，希望他能說一些話。一句話，她對自己說。因為如果他說句話，就會使場面改觀。他能夠直搗事物的核心。他關心漁夫與他們的薪水。想到他們的問題他就睡不著覺。他一說起話就會完全不同；一個人沒有感覺，老天爺保佑你不要看出來我多麼不關心，因為我實在關心。然後，當她了解到她等他說話是因為她如此崇拜他，她覺得好像有人在對她讚美她的丈夫與他們的婚姻，於是她樂得容光煥發，卻不明瞭是她自己在讚美他。她注視他，想要在他的臉上發現這一點；他看起來會堂皇不凡……但是一點也不！他繃緊他的臉，他皺著眉頭，因憤怒漲紅了臉。到底是怎麼回事？她想知道。是什麼事？只不過是可憐的老奧嘉斯塔要求再來一盤湯，只不過是如此。真是不可想像，真是令人討厭（他從桌子的另一邊向她這樣表示），奧嘉斯塔又要開始喝湯了。他討厭他吃完了別人還在吃。她看到他的憤怒如一群獵犬般飛奔入他的眼睛、他的眉毛，而且她知道在一會兒之後某種狂烈的事情會爆炸，然後——但是謝天謝地！她看到他抓緊他自己，急速煞住輪子，他整個身子似乎放射出火花，但不是話語。他坐在那兒，皺著眉頭。他什麼也沒說，他要她看到。讓她為此稱讚他吧！但是可憐的老奧嘉斯塔為什麼不應該再要盤湯呢？他只不過碰觸一下愛倫的手臂說：

「愛倫，請再給我一盤湯。」然後雷姆塞先生就那樣皺眉頭。

為什麼不能呢？雷姆塞太太問。他們當然可以讓奧嘉斯塔喝他的湯，如果他想要喝。他恨人們耽溺於食物中，雷姆塞先生對她皺眉頭。他恨所有事情如此拖延好幾個小時。但是雷姆塞先生要她看到他已經控制住自己，雖然這景象很令人作嘔。但是為什麼要表現得那麼明顯呢？雷姆塞太太問（他們從長桌子兩邊互相對視，互相發出這些問題與回答，兩個都確切知道對方的感覺）。每個人都會看到，雷姆塞太太想。露絲在注視她的父親，羅傑在注視他的父親；她知道他們兩個一秒鐘後就會突然大笑，於是她立刻說（真的也是時候了）：

「點起蠟燭。」於是他們立刻跳起來，去餐具櫥找蠟燭。

為什麼他總無法隱藏他的感覺呢？雷姆塞太太很想知道，而且她也很想知道奧嘉斯塔・卡米凱爾是否察覺了。也許他察覺了；也許他沒有察覺。她不得不佩服他坐在那兒泰然自若的樣子，喝著他的湯。如果他想要湯，他就要湯。不論人們嘲笑他或是對他生氣，他都是一樣。她知道他不喜歡她；但也正是一部分因為這個原因使得尊敬他，看著他喝著湯，在昏暗的燈光下一團龐大的身軀，一句話也不說，像一座紀念碑，沉思著，她想知道他到底有什麼感覺，為什麼他總是如此滿足，尊貴；而且她想到他是多麼喜歡安德魯，他會將他叫進他的房間，然後（安德魯描述說）「拿東西給他看」。而且他會整天在那兒躺在草地上，也許是在思考著他的詩，直到他令人聯想到一隻注視著鳥的貓，然後當他找到了他要的字，他拍拍他的腳爪，於是她的丈夫說：「可憐的老奧嘉斯塔——他是個真正的詩人」，這是她丈夫很高的讚美。

現在八支蠟燭被立在桌上，火焰開始時往下撲，然後就直立起來，照亮了整張長桌子以及桌子中間黃紫色盤子的水果。她是怎麼處理它的，雷姆塞太太很想知道，因為露絲將葡萄、梨子，堅硬有粉紅色線條的果殼以及香蕉排列的樣子使她想起從海底撈起的戰利品，海神的宴會，一串掛在酒神肩上的葡萄樹葉（在某幅圖書中），四周環繞的是豹皮與金色紅色跳躍的火把……她想：這樣突然被引入光亮中，它似乎具有巨大的體積與深度，像是一個世界，在其中一個人可以帶著他的人員爬上山，走下山谷，而令她愉快的是（因為它短暫地使用他們具有同感）她看到奧嘉斯塔也在釘著眼睛看同一盤水果，他跳進去，採走那邊一朵花，這邊一束流蘇，然後，在大吃大喝後，回到他的蜂巢。那就是他看的方式，跟她的不同。但是一起看這盤水果使他們聯合起來。

現在所有的蠟燭都點亮了，藉著燭光，桌子兩邊的臉被拉得更接近，而且被組成一團團繞在桌子四周的團體，在昏暗的黃昏之光照躍時他們並沒有如此；現在，黑夜被玻璃窗關在外面，玻璃窗不但沒有給予準確的外在世界面貌，反而如此奇異地使它產生波浪，使得在這房間似乎具有秩序與乾燥的陸地；而在外頭則是一團映像，事物在其中呈水狀地搖動、消失。

某種改變立刻在他們身上產生了，好像這件事真的發生了，而且他們都意識到一起在一個洞中，在一個島上建立一個團體；他們有他們共同的目標，對抗外頭的那種流動。雷姆塞太太原先一直很不安，等待著保羅跟明黛進來，而且覺得無法安定下來做事情，而現在她的不安轉變成期待。因為他們現在一定要進來，而莉莉．布里斯柯試圖分析這突然的興奮的原因，她將它與在網球草地上的那一刻相比較，當時固體性突然消失，這龐大的空間橫亘在他們之間；現在同樣的效果因這間家具稀少的房間中的很多蠟燭、未加窗簾的窗戶以及燭光下所看到如面具般的明亮臉孔而產生了。有些壓力離開了他們；她感覺任何事都可能發生。雷姆塞太太看看門，想他們應該來了，就在這一刻，明黛・道伊爾、保羅・瑞利以及手裡拿著一個大盤子的女僕一齊走進來。他們來得太晚了；他們來得太晚了，明黛在他們找不同位子坐時抱歉說。

「我弄丟了我的別針──我祖母的別針。」明黛說，她說話的聲音中帶著悲嘆，她大大棕色的眼睛中充盈著色澤，她往下看看，往上看看，坐在雷姆塞先生的旁邊，她的樣子激起他的豪俠氣概，於是他嘲弄她。

她怎麼會那麼笨，他問，戴著珠寶在岩石間亂跑。她已經度過了對他的懼怕──他聰明得令人害怕。在她坐在他身邊的第一個晚上，當他談論喬治・艾略特時，她真的害怕，因為她將《密得馬區》⑤的第三卷忘在火車上，她無法知道結局發生了什麼事？但是後來她進行得很好，她假裝自己比她實際上還要無知，因為他喜歡告訴她她是個傻瓜。所以今晚，他一笑她，她並不害怕。而且她一走進房間就知道奇蹟已經發生了；她披著她金色的薄霧。有時候她有這種薄霧；有時候她沒有。她永遠不知道它為什麼會來，為什麼會走，或是她走進房間時是否有它，然後她會看某個男人注視她的樣子而立刻知道。是的，今晚她有它，而且很多；她是因雷姆塞先生告訴她不要作傻瓜而知道的。她坐在他旁邊，面露微笑。

⑤ 喬治・艾略特的小說Middlemarch。

它一定已經發生了，雷姆塞太太想；他們已經互訂終身了。而在這一刻間她感覺到她從未預期會再感覺到的——忌妒。因為他，她的丈夫，也感覺到它——明黛的豔光四射；他喜歡這些女孩，這些金髮紅髮的女孩，他們散發某種飄逸，某種狂野與輕率，他們不會「把頭髮刮掉」，不像他形容可憐的莉莉．布里斯柯那樣「稀疏」。她具有她自己所沒有的某種特質，某種光澤，某種亮麗，這些東西吸引他，使他覺得有趣，使他喜歡明黛這樣的女孩。他們可能會幫他剪頭髮，為他編錶鍊，或是打斷他的工作，向他大叫（她聽到他們的話）：「走吧，雷姆塞先生；是我們擊敗他們的時候了。」於是他出去打網球。

但是說實在的，她並不是忌妒，只是，有時候，當她逼自己看鏡子時，她有些怨恨她變老了，而這也許是他自己的錯。（花房的帳單以及所有其他的事。）她感激他們嘲笑他。（雷姆塞先生，你今天抽了多少菸斗？諸如此類的），直到他看起來像個年輕人；一個在女人看來有吸引力的男人，不被他偉大的勞苦、世界的苦難、他的聲名或他的失敗所壓倒，但是仍然如她認識他一樣，憔悴但英勇；她記得他扶持她走出一艘船；像那樣令人愉悅的態度（她注視他，他看起來年輕得令人驚訝，嘲弄著明黛）。就她自己而言——「放在那兒。」她說，她幫助那個瑞士女孩輕輕地將那巨大棕色的鍋子放在她面前，那就是瓦蒸鍋牛肉——就她自己而言她喜歡她的傻瓜們。保羅一定要坐在她旁邊。她替他留了位子。真的，她有時候想她最喜歡傻瓜們。他們不會用他們的博士論文來煩擾人。這些非常聰明的人到頭來失去了多少！不用說也知道他們變得多麼乾枯。保羅坐下來時，她想他有他的迷人之處。他的態度，他陡削的鼻子以及他明亮的藍眼睛都令她感覺愉悅。她如此體貼。他能不能告訴她——現在他們都再度談話了——發生了什麼事？

他在她身旁坐下，說：「我們走回去找明黛的別針。」「我們」——這兩個字就夠了。她從他花費的氣力，從他聲音的提高去克服難以說出的字就知道他是第一次說「我們」。「我們」做了這個，「我們」做了那個。她想他們會一輩子那樣說，而當瑪莎揮舞著手打開蓋子時，一種劇烈的橄欖、油與果汁的香氣從巨大棕色的盤子上冒出來。廚子花了三天的時間做這道菜。雷姆塞太太將叉子伸入那柔軟的一團肉中，她想她一定要很小心，為威廉．班克斯挑一塊非常嫩的肉。他往盤子裡看，盤子的邊非常光亮，還有一團燉糊的可口的棕黃色肉片以及月桂葉、酒，她想：這將慶祝這場——一種慶祝節目的奇異感覺在她心中開啟，這種感覺既荒誕又溫柔，好像兩種情緒在她的心中被召換出來，一種事深沉的——因為還有什麼會比男人對女人的愛更嚴肅，有什麼會更權威，更令人印象深刻，在其中懷有死亡的種子；同時，這些愛人，這些眼睛閃爍開始幻想的人一定要在嘲弄中起舞，戴上裝飾的花環。

「很成功。」班克斯先生放下他的刀子說。他很專心地在吃。它很甜美，很嫩。燒得非常好。她在這種偏僻鄉下怎麼能把事情處理得這麼好？他問她。她是個了不起的女人。他所有的愛，所有的敬意都回來了；她知道。

「它是我祖母的一道法國食譜。」雷姆塞太太說，她說話的聲音中戴著極大的喜悅。當然它是法國菜。在英格蘭能被承認是烹飪的東西都難吃的很（他們都同意）。英國菜是把包心菜放在水中。英國是把肉烤到像皮革一樣。英國菜是把蔬菜美味的外皮去掉。班克斯先生說：「蔬菜的好東西都在外皮裡。」還有英國菜的浪費，雷姆塞太太說。一個法國家庭可以靠一個英國廚子丟掉的東西過活。雷姆塞太太受到激勵，她感覺威廉的愛又回到她身上，所有事情又好轉了，她的焦慮已經過去，現在她可以隨意地去得勝，去嘲諷，所以她大笑，她比手畫腳，直到莉莉想：她多麼像個小孩，多麼荒唐，坐在那兒，她所有的美麗再度在她身上展現，談論著蔬菜的外皮。她散發著某種令人害怕的氣息。她是無法抗拒的。她最後總是會達到她的目的，莉莉想。現在她已達成了這件任務——大家可能會想保羅與明黛已互訂終身了。班克斯先生在這兒用餐。她藉著如此簡單，如此直接的祈福在他們身上施了符咒，而莉莉將那種豐盈與她自己的精神的貧瘠相對照，她想一部分正是因為那種信仰（因為她的臉完全被照亮了——看起來並不年輕，但是容光煥發），那種對此奇異、可怕事物的信仰，使得保羅．瑞利成為它的中心，一陣震顫，然而是抽象、專注、靜默的。莉莉感覺當雷姆塞太太談到蔬菜的外皮時，她提升它，尊崇它；她伸出她的手越過它溫暖他們，保護它，然而，當她使它發生之後，她就不知所以地笑起來，領著她的犧牲者走向神壇。現在它也來到她的身上——那種情緒，那種愛的震顫。在保羅的身邊她感覺自己多麼不起眼呀！他，容光煥發，燃燒著；她，冷漠無情，言語譏刺；他，注定要冒險；她，固定在岸上；他，發動了，任性而為；她，孤單，被遺忘——於是她準備懇求分享一點，就算是災禍，也要分享他的災禍。她羞怯地說：

「明黛什麼時候丟掉她的別針的？」

他對她報以最美的微笑，蒙著記憶的紗，染著夢的色澤。他搖搖他的頭。「在海灘上的時候。」他說。

「我要去找它，」他說：「我會起得很早。」因為他不想讓明黛知道，他聲音放得很低，並將眼睛轉向坐在雷姆塞先生旁邊笑著的她。

莉莉想要狂猛地、暴烈地聲明她幫助他的意願，她可以預見黎明時，在海灘上，她會是找到半藏在岩石後面的別針的人，因此她應該被包括在水手與冒險者行列中。但他如何回答她的提議呢？她真的以一種她很少洩漏的情感說：「讓我跟你去」；而他笑了。他的意思是贊成或反對——兩者都可能。但重要的不是他的意思——是他所發出的那種奇怪的輕笑，他似乎在說：把你自己摔下懸崖吧，如果你喜歡，我不在意。他將愛的熾熱轉到她的臉頰上，伴隨著它的可怕，它的殘酷，它的無所忌憚。它燒焦了她，而莉莉，看著桌子另一邊明黛對雷姆塞先生施展魅力，為她感到畏縮，因為她將自己暴露在那些毒牙之前，因此莉莉覺得慶幸。因為無論如何，她對她自己說，看到圖案上的鹽罐，感謝天，她不必結婚：她不必經歷那種墮落的生活。她被從那種平淡無味中解救出來。她要把樹移往中間一點。

這就是事物的複雜性。因為發生在她身上的事（尤其是與雷姆塞一家人居住的這段時間）就是被迫去同時狂熱地感覺兩種相反的事物；那是你所感覺的，那是其中的一個；那是我所感覺的，那是另外一個，然後它們就在她心中交戰，就像現在一樣。這種愛是如此的美，如此的令人興奮，使得我在它的邊緣上顫抖，於是異於我自己的習慣，我居然自願去海灘上尋找一根別針；同時它也是人類情感中最愚蠢的，最野蠻的，將一個外貌英俊的優秀年輕男子（保羅的外型非常俊美）變成大街上手持鐵棍的惡霸（他得意洋洋，他粗野無禮）。但是她對自己說：自從開天闢地以後，頌歌就一直為愛而唱；花環與玫瑰堆積如山；而如果你問十個人中的九個，他們會說他們所要的不過就是這個；而根據她自己的經驗判斷，女人總是感覺說這不是我們所想要的；再沒有任何東西比愛更乏味，更膚淺，更不合人性的；但它也是美麗的，需要的。然後呢？然後呢？她問，有點期待其他人繼續這場論辯，好像在這樣的一種論辯中，一個人射出短箭後，發現力道不足，讓別人繼續努力。因此她再度傾聽他們所說的話，看看他們是不是能對愛這個問題有更多的闡明。

「還有，」班克斯先生說：「英國人稱為咖啡的那種液體。」

「噢，咖啡！」雷姆塞太太說。但實際上他們是在談真正的奶油與乾淨的牛奶的問題（莉莉看得出來她完全激動起來，話說得非常強烈）。她熱情而雄辯地說話，她描述英國牛奶業制度的不合理，以及牛奶被送到家門口時的狀態。她正要證明她的指控，因為她已談到這件事的核心，但這時在桌子四周，從中間的安德魯開始，像火從一簇金雀花延燒到另簇金雀花，她的孩子笑起來；她的丈夫笑起來；她被嘲笑，被火包圍，她被迫低垂她的羽冠，拆除她的砲臺，她僅能作的報復是向班克斯先生展示她在餐桌上所遭受的嘲弄，她說這就是一個人攻擊英國大眾的偏見所遭到的後果。

但是她知道剛才幫助她替譚斯理先生解圍的莉莉是置身度外的，因此她有意地將她與其她人分開；她說：「無論如何莉莉會同意我的話。」她說這句話把她拉了進來，這使她有點煩擾，有點驚嚇。（因為她在想愛的事。）雷姆塞太太在想：他們兩個人都是置身度外的，莉莉與查爾士．譚斯理。他們兩個人都因另外兩個人的光芒而受苦。他，很顯然地，感覺到他自己被冷落；有保羅．瑞利在這房間中，沒有任何女人會看他一眼。可憐的人！然而他有他的博士論文，某個人對某件事的影響；他能夠照顧自己。但是莉莉就不同了。她在明黛的艷光夏黯然失色；窄小的灰色衣服，小又皺的臉，還有她像中國人的小眼睛，這些使得她變得比平時更不起眼。她周身所圍繞的東西都如此之小。但是，當雷姆塞太太要求她幫助時（因為莉莉會證實她的話，她不再談牛奶業的事，就像她的丈夫不再談他的靴子——他談他的靴子可以談一個小時），她想：將她與明黛作比較，莉莉在四十歲時會比明黛好。莉莉有某種脈絡；某種閃耀；某種她自己擁有的東西，那是雷姆塞太太真的非常喜歡的，但是她恐怕沒有男人會喜歡。顯然男人不喜歡，除非是個年紀比較大的男人，像威廉・班克斯。但是，雷姆塞太太有時候會想，因為他太太已經去世，他也許會喜歡她。當然，他不是「墜入情網」；那是為數甚多而無法分類的情感中的一種。啊，鬼扯什麼，她想；威廉一定要娶莉莉。他們有這麼多共通點。莉莉喜歡花。他們都很冷漠、超然，而且相當自足。她一定要安排讓他們作一次長長的散步。

她愚蠢地把他們安排面對面坐。這個明天可以補救。如果天氣好，他們應該去野餐。所有事情看來都有可能。所有事情看來都是對的。此刻（但這無法持續，她想，她將她自己與這一刻分離，他們都在談靴子），此刻她已企及了安全；她如一隻鷹般在空中停住、盤旋不走；她像一面旗子，在喜悅中飄蕩，喜悅完全地、甜美地、不喧嘩地、相當莊嚴地充滿了她身體中的神經，因為，她想，它升起來，看著他們在那兒用餐，從丈夫、小孩到朋友；它在這深沉的靜默中上升（她在幫威廉・班克斯再拿一小塊肉，她往陶製的深鍋中看），它現在似乎不為什麼特別的原因停留在那兒，像一團上升的煙霧，將他們壟罩在安全之中。不需要說任何話；也無法說任何話。它就在那兒，圍繞著他們。她小心翼翼地幫班克斯先生拿一塊特別嫩的肉；她感覺它有幾分永恆的特質；就像她那天下午對另外一件事物的感覺一樣；事物中存有連貫性；穩定性；她的意思是說有些事物是不會改變的，而且在流動、飛馳與幽靈面前照耀光芒，像紅寶石一樣（她看看窗戶，看看它反射的燈光上顯現的微波）；所以今晚她再度有她今天已有過一次的感覺，寧靜的感覺、休憩的感覺。事物是由這種時刻組成的，她想，它會永遠存在。這會永遠留存。

「是的，」她向威廉．班克斯保證：「每個人都可以吃很多。」

「安德魯，」她說：「把你的盤子放低，要不然我會把它灑出來的。（瓦蒸鍋牛肉燒得完美無比）她將湯匙放下，她感覺這兒就是靜止的空間，它存在於事物的核心中，一個人在其中可動可靜；傾聽（他們都用了菜）；然後可以如一隻老鷹般，突然從高處落下，從容地飄蕩，沉落在笑聲上，將牠整個重量壓在桌子另一邊她丈夫正在說的話之上；她正在說一千二百五十三的平方根，那正好是他火車票的號碼。

那是什麼意思？到今天她還是沒有概念。一個平方根。那是什麼？她的兒子知道。她往他們靠過去；往立方與平方根靠過去；那是他們現在所談的；談伏爾泰與德．史泰爾夫人；談拿破崙的性格；談法國土地所有權的制度；談盧斯貝里的爵士；談克里威的回憶錄；她讓這種男性智力可敬的結構扶助她，支撐她，它升起落下，它穿過這條路、那條路，像鐵樑架住搖搖欲墜的結構，支持著這世界，使得她可以完全地將她自己託付給它，甚至閉上她的眼睛，或者眨一下她的眼睛，像一個小孩從枕頭上眨眼看樹葉無數層的紋理。然後她醒過來。它還在製造中。威廉．班克斯在讚美威夫里小說系列。

他每六個月讀它們其中一本，他說。而那為什麼會使查爾士．譚斯理生氣呢？他插進來

（這只是因為普璐對他不友善，雷姆塞太太想）詆毀威夫里小說系列，其實，雷姆塞太太想，他根本完全不懂，她看他的表情，而不聽他所說的話。她可以從他的樣子看出來是怎麼回事——他想要肯定他自己，而且他會一直如此，直到他當了教授，或娶了太太，他就不必再老是說：「我——我——我。」因為他對可憐的華特爵士或珍・奧斯汀⑥的批評都是在作自我表現。她可以從他說話的聲音，他的強調與他的不安看出來他所想的都是他自己，以及他給別人的印象。成功對他是好的。反正他們又要離開了。現在她不需要聽。她知道它無法持續，但是在這一刻，她的眼睛是如此清晰，似乎在繞著桌子打轉，揭露這些人中的每一個，以及他們的想法、感覺，而且這不必花任何氣力，好像一道潛入水下的光，使得它的漣漪，它的蘆葦，平衡他們自己的小魚以及突然靜默的鱒魚都被照亮、懸浮著、顫抖著。她如此看到他們；聽到他們；但是他們所說的話也都有這種特質，好像他們所說的就像一隻鱒魚的運動，而同時，一個人能夠看到漣漪與碎石，右邊的某些東西，左邊的某些東西；而整體貝聯合在一起；而在積極的生活中她會織網，會將一件事與另一件事分開；她會說她喜歡威夫里小說系列，或者說沒有讀過它們；她會敦促她自己往前；現在她不說一句話。在這一刻她懸浮著。

「啊，但是你想它會留傳多久呢？」某個人說。她好像有觸鬚在她的體外顫抖，它們攔截下某些句子，逼迫她注意。這就是其中的一個句子。她替丈夫察覺到危險。那樣的一個問號幾乎包準會導致某些話被說出，而那些話會使他想到他自己的失敗。他會被讀多久呢？他會立刻這麼想。威廉・班克斯（他完全沒有這種虛榮）笑一笑，他說他不怎麼重視風潮的改變。不管是文學或是任何其他事情，誰又敢說什麼能留傳得久呢？

「讓我們享受我們真正享受的吧。」班克斯說。他的誠實在雷姆塞太太看來是相當可敬的。他似乎從來不會想：但是這對我有什麼影響？但是如果你有另一種性情，一定要得到讚美，一定要得到鼓勵，你很自然就會開始（而她知道雷姆塞先生開始了）覺得不自在；希望某人說：噢，但是，雷姆塞先生，你的作品一定會被留傳久遠，或是像這類的話。他很清楚地顯露他的不自在，因為他有些動怒地說：無論如何，史考特（或是莎士比亞）將會滿足他終生的需要。他暴燥地說。她想每個人都不知所以然地覺得有點不舒服。然後直覺敏銳的明黛・道伊爾坦率地、荒謬地說：她不相信有任何人真的喜歡讀莎士比亞。雷姆塞先生嚴厲地說（但是他的心已轉變方向了）很少有人真的喜歡，多半只是表面說喜歡。但是，他又說，在他某些劇本中仍然有相當多的優點，而雷姆塞太太看得出反正這一刻是沒事了；他會嘲笑明黛，而雷姆塞太太看得出來，他對自己極度的憂慮，她會以她自己的方式使他受到妥善的

---

⑥ 英國小說家史考特（Sir Walter Scott）與Jane Austen。前者為《劫後英雄傳》作者，後者以《傲慢與偏見》成名。

照料，並以某種方法來稱讚他。但是她期盼那是不需要的；也許是因為她的錯才使它成為需要的。無論如何，她現在可以隨意聽保羅．瑞利所想說的一個人在小男孩時所讀的書。他們留傳久遠，他說。他在學校時讀過一些托爾斯泰。他記得有一個角色，但是名字他忘了。俄國人的名字是令人難以忍受的，雷姆塞太太說。「佛朗斯基。」保羅說。他說他記得是因為他總覺得這是個壞蛋的好名字。「佛朗斯基，」雷姆塞太太說：「噢，安娜．卡列尼娜。」但是那並沒有使得他們談得深入；他們對書本並不在行。不，談到書本，查爾士．譚斯理一秒鐘就可以把他們兩個擺平，但是所有東西都混在一起了。我說的話對嗎？我留下了好的印象嗎？畢竟一個人對他的了解超過對托爾斯泰的了解，而保羅只是就事論事，不涉及他自己。像所有愚蠢的人一樣，他有一種謙遜，會體諒你的感覺，這在她看來（至少有時候）是有吸引力的。現在他所想的不是他自己或托爾斯泰，而是她冷不冷，她感覺有沒有風，她想不想吃個梨。

不，她說，她不想吃梨。事實上她一直忌妒地守衛著那盤水果（她並不自覺），希望沒有人碰它。她的目光不時地在水果的曲線與陰影間穿梭，在蘇格蘭低地所產的葡萄的深紫色間穿梭，然後又落到堅果的硬脊上，將黃色與紫色相對照，將弧形與圓形相對照，她不知道她為什麼這樣做，或者說為什麼她每次做的時候，她會覺得愈來愈安詳；直到，啊，真可惜他們會這麼做——一隻手伸出來，拿了一個梨子，破壞了整件事情。她憐憫地看著露絲。她看著露絲坐在傑斯白與普璐中間。多麼奇怪，一個人的小孩會那麼做！

多麼奇怪，看到他們一排坐在那兒，她的小孩，傑斯白、露絲、普璐、安德魯，幾乎沒有聲音，但是，從他們嘴唇的樣子，她猜想他們私下在進行他們自己的笑話。那是與其他事情完全分開的事情，他們將它貯藏起來，準備進他們自己房間後大笑一場。她希望不是關於他們父親。不，她想不是。她很想知道那笑話是什麼，她覺得滿哀傷的，因為他們笑的時候她不會在那兒。笑話被貯藏在那一張張固定、靜止、像面具般的臉孔的後面，因為要他們參與不容易；他們像看守者、觀察者，有點超乎或遠離這群成年人。但是當她今晚看著普璐時，她看得出她並非完全如此。她正在開始、移動、下降。最微弱的光在她的臉上展現，好像對面明黛的艷光，以及某種興奮，某種對快樂的期待反射在她身上，好像男女之愛的太陽升到桌布邊緣上，而她俯身相迎，但並不知其為何物。她一直羞怯而好奇地看著明黛，使得雷姆塞太太看看他們二人，心裡對普璐說：有一天妳會像她一樣快樂的。妳會更快樂的，她又說，因為妳是我的女兒，她的意思是如此；她自己的女兒一定會比其他人的女兒快樂。但是晚餐結束了。該是走的時候了。他們只是在耍弄他們盤子上的東西。她必須等他們笑完她丈夫正在說的一個故事。他正在對明黛說一個有關打賭的笑話。然後她會站起來。

她突然想她喜歡查爾士．譚斯理；她喜歡他的笑。她喜歡他對保羅與明黛這麼生氣。她喜歡他的笨拙。那個年輕人畢竟有很多東西。而莉莉，她將餐巾放在她盤子旁邊，想：她總是有她自己的笑話。一個人永遠不需要去為莉莉煩惱。她等待著。她將餐巾塞在她盤子的一角下。他們結束了嗎？不。那個故事又引發了另一個故事。她的丈夫今晚精神很好，而且，她想，他是希望與老奧斯塔和好，彌補之前為喝湯那事發的脾氣，他把他拉了進來——他們在談他們大學時共同認識的某個人的故事。她看看窗子，現在窗玻璃已暗下來，燭火在其中映照得更為明亮，她看著，這時外頭的說話聲很奇異地向她傳來，好像它們是在教堂中作禮拜時所發出的聲音，因為她並不是在聽他們說的話。突然的一陣陣笑聲，然後明黛單獨說話的聲音，這令她想起在某個羅馬天主教堂中作禮拜時男人與男孩喊出拉丁字。她等待著。她的丈夫在說話。他在重複某些話，而她從它們的韻律與他的聲音中的亢奮與憂鬱知道他是在念詩：

出來登上花園的路，
露瑞安娜．露瑞莉。
芙蓉盛開，以及嗡嗡低語的
黃蜜蜂⑦

這些字（她看著窗子）聽來好像漂浮著，像外面水上的花，與他們完全分開，好像沒有人說這些話，而是自身產生的。

而我們過往之生活與未來之生活
皆充滿樹與更迭之葉。

她不知道它們的意思，但是，像音樂一樣，這些字好像是由她自己的聲音發出，在她的自我之外，輕易地、自然地說出她整晚心中所存的意念，雖然她說的是不同的話。她不用看就知道桌前的每個人都在聽那聲音說出：

我欲知在你看來是否如此
露瑞安娜，露瑞莉

這聲音帶有她所具有的同樣的撫慰與愉悅，好像終於這就是自然的話語，這就是他們自己的聲音所說出的。

⑦ 引自Charles Elton的詩“Luriana Lurilee”(A Garden Song)。

但是這聲音停下來。她看看四周。她使她自己站起來。奧嘉斯塔．卡米凱爾站了起來，他抓住他的餐巾，使它看起來像一襲白色的長衣，他站在那兒吟唱：

看到國王們騎馬通過
通過草地與雛菊之園
伴隨著它們的棕櫚葉與香柏，
露瑞安娜，露瑞莉，

而當她經過他身邊時，他微微轉向她，重複最後的字：

露瑞安娜，露瑞莉。

他並且向她鞠躬，好像對她表達敬意。不曉得為什麼，她覺得他對她的喜歡超過以前任何時候；帶著一種安慰與感激的感覺，她向他回禮，然後走過他為她打開的門。

現在需要將每件事往前推進一步了。站在門檻上，她又等待了一會，她現在所處身的一幕正在消失中，就在她觀望時消失，然後，當她移動身體，抓住明黛的手臂離開房間時，它改變了，它改變了形狀；回頭看了最後一眼，她知道它已經變成了過去。

XVIII

跟平常一樣，莉莉想。某件事情必須在那一刻去做，雷姆塞太太有她自己的原因決定要立刻去做的某件事情，也許就在每個人站著說笑話時（就像現在一樣），在他們無法決定要進吸煙室、客廳，還是上閣樓去時，然後人們看到雷姆塞太太在嘈雜中，她站在那兒，挽著明黛的手臂，想著：「是的，現在是做那件事的時間了。」於是立刻離開了，一副神祕的樣子，她要獨自去做某件事情。她一走，某種分裂就開始了；他們四處徘徊，走往不同方向，班克斯先生拉著查爾士・譚斯理的手臂走出去，到臺階上繼續他們晚餐時開始的關於政治的討論。如此一來他們改變了這一晚的整個平衡，使得重量往一個不同的方向落下，莉莉看著他們走去，隱約聽到他們談論工黨的政策，她想：這就好像他們已經走上船橋，查看船航行的方向，從詩到政治的改變給予她這種感覺；班克斯先生與查爾士・譚斯理走出去，其他人則站著看雷姆塞太太在燈光下獨自走上樓。她走這麼快是要去哪裡呢？莉莉很好奇。

事實上她並沒有快跑，也不匆忙；事實上她走得滿慢的。在那種喋喋不休的談話之後，她頗希望能靜止地站立一會兒，去選擇一件特定的事情；一件重要的事；將之分離；與其他事分開；將所有情緒與殘餘的事物清除掉，如此地將它持於眼前，將它帶到法官席前，法官們成行而坐，進行祕密會議，他們都是她請來決斷這些事物的。它是好還是壞？是對還是錯？我們要去那裡？諸如此類。她如此地在事件的震盪後調整她自己，同時她不自覺地，不協調地用外面榆樹的樹枝幫助她自己穩定她的姿勢。她的世界正在改變：他們是靜止的。事件給予了她一種運動的感覺。所有事物都必須有秩序。她想她必須確實了解一些事物，她不自覺地讚許樹木靜止的尊嚴，以及現在榆樹枝椏因風吹動所作的崇高的上升（像浪起時的船首）。因為風很大（他站立一會兒往外看）。風很大，所以樹葉不時撥開一顆星星，而星星自身好像也在顫動，疾馳，企圖從樹葉的邊緣間閃出光來。是的，那件事已做完了，完成了；就像所有做完的事一樣，它變得莊嚴。現在一個人想到它，內心清除了喋喋不休的談話與情緒，它好像一直都存在，只不過現在才被顯示出來，如此被顯示出來之後，它使得所有事物變得穩固。她繼續想：無論他們活多久，他們都會回到這夜晚；這月亮；這風；這屋子；以及回到她。他們無論活多久，她都會在他們的心中被編織、纏繞，想到這點她覺得非常愉快，在這方面她是最樂意受恭維的；還有這個，這個，以及這個，她想，她走上樓，熱情地對樓梯平臺的沙發（她母親的）笑；對搖椅（她父親的）笑；對海布里地群島的地圖笑。所有這些東西都會在保羅與明黛的生活中復活；「瑞利夫婦」——她試了幾遍這新詞；她將手放在小孩房間的門上，她領受到那種情緒所給予的，與他人完全共通的感覺，好像分隔的牆壁已變得如此薄，以至於實際上（這種感覺是一種慰藉與快樂的感覺）它是一條水流，而椅子、桌子、地圖是她的，是他們的，是誰的根本不重要，而等她死後，保羅與明黛會傳遞下去。

她用力轉動把手，免得它發出吱吱聲，她走進去，輕輕地抽緊她的嘴唇，好像在提醒她自己不要大聲說話。但是一進房間，她就看出這種預防是沒有必要的，這使她氣惱。小孩子根本還沒睡。這是最令人氣惱的。米德蕾應該更小心一點。詹姆士在那兒，醒著，康敏直坐著，而米德蕾光著腳在床外頭，幾乎十一點了，他們還都在說話。是怎麼回事？又是那個可怕的頭骨。她已經告訴米德蕾拿走它，但是米德蕾當然忘掉了，現在康敏跟詹姆士都還一點睡意也沒有，在那兒爭吵，其實他們幾個小時前早該睡了。愛德華搞什麼鬼，送他們這可怕的頭骨。她也愚蠢到讓他們把它釘在那兒。米德蕾說它釘得很緊，康敏因為它在房間中睡不著覺，但她一碰它詹姆士就大叫。

那麼康敏一定要睡覺（康敏說它有好大的角——），一定要睡覺，然後夢到美麗的皇宮，雷姆塞太太說。她在她的床邊坐下。沒錯。他們不論把燈放在那兒（詹姆士沒燈睡不著覺）都還是有陰影。

「但是想一想，康敏，那只不過是一隻老豬，」雷姆塞太太說：「一隻很好的黑豬，像農莊裡的豬一樣。」但是康敏認為那是一個可怕的東西，佈滿了整個房間，對準著她。

「那麼，」雷姆塞太太說：「我們把它蓋起來。」接著他們看著她走到衣櫃前面，迅速地打開一個個小抽屜，但是看不到可用來蓋的東西，於是她迅速地將她的披肩拿下來，一圈又一圈地纏繞在那頭骨上，然後她走回康敏身邊，將她的頭幾乎平靠在枕頭上康敏的頭旁邊，然後說它現在看起來多麼美麗；小仙女會多麼喜歡它；它就像一隻鳥兒的巢；它就像一座美麗的山，她在外國看到的那種，有山谷、花朵、鈴聲、鳥鳴，以及小山羊、羚羊……當她說話時，她能夠看到她說的話韻律地在康敏的心中回響，而康敏在跟著她重複說它多麼像一座山、一隻鳥兒的巢、一座花園，而且那兒有小羚羊，這時她的眼睛一會兒打開，一會兒閉上，雷姆塞太太繼續地說，說得愈來愈單調，愈有韻律，內容也愈來愈無意義，她說她一定要閉上她的眼睛睡覺，然後夢見山、山谷、掉落下來的星星、鸚鵡、羚羊、花園，以及所有美麗的東西，她緩緩地抬起她的頭，說得愈來愈單調，然後她坐直身子，看到康敏已經睡著了。

她穿過去走到詹姆士的床前，低聲地說他也要睡覺，因為看看，豬的頭骨還在那兒；他們並沒有碰它；他們只是做了他希望的事；它在那兒，沒有受到傷害。他確定頭骨還在那兒，在披肩下面。但是他還有話想要問她。他們明天會去燈塔嗎？

不，明天不會，她說，但是她很快地向他保證，下一個天氣好的日子。他很好。他躺下。她替他蓋被子。但是她知道他永遠不會忘記，她覺得生氣，對查爾士・譚斯理生氣，對她丈夫生氣，也對她自己生氣，因為她引起了他的希望。她伸手去摸她的披肩，才想起她已將它裹在豬的頭骨上了，於是她站起來，將窗子拉下一兩吋，她聽到風，吸了一口完全冷漠的夜的寒氣，向米德蕾低聲說句晚安，離開房間，她讓門栓緩緩地在鎖中伸長，然後往外走去。

她希望查爾士．譚斯理不要將書重重地丟在他們頭頂上的天花板上，她還在想著查爾士．譚斯理是多麼令人惱怒。因為他們兩個都不易入睡；他們是易受驚嚇的小孩，他既然能說出那種關於燈塔的話，她覺得他很有可能在他們快要睡著時，笨拙地用手肘將一排書從桌上撞下。因為她想他已經上樓去工作了。但是他看起來那麼孤單，但是他走掉她又覺得鬆了口氣；但是她希望明天能看到他受到較好的對待；但是他崇拜她的丈夫；但是他的態度實在需要改善；但是她喜歡他的笑──當她走下樓，想到這裡，她注意到她現在能從樓梯間的窗子看到月亮──黃暈的中秋滿月──然後她轉過身，他們看到她站在樓梯上，在他們上面。

「那是我的母親。」普璐想。是的，明黛應該注視她；保羅．瑞利應該注視她。她覺得那是最重要的事，好像在這世界中只有一個人像那個樣子；她的母親。於是，一剎那前那個成熟的，與別人說話的她再度變成一個小孩，而他們所做的變成一場遊戲，她想知道她母親會認可還是責難它呢？她想這是多麼好的機會，讓明黛、保羅與莉莉能看到她，她覺得她的運氣是多麼好，能夠擁有她，她想她永遠不要長大；永遠不要離開家，她像個小孩說：「我們想到要去海灘看浪濤。」

雷姆塞太太立刻，沒來由地，變得像一個二十歲的女孩，充滿欣喜。一種狂歡的心情突然地占據了她。他們當然要去，他們當然要去，她笑著喊說；她迅速跑下最後三、四個臺階，笑著走過一個個人面前，拉住明黛的外衣，說她只希望她也能一起去，而他們會不會太晚？他們有沒有人帶錶？

「有，保羅有。」明黛說。保羅從一個小羊皮套子裡拿出一只美麗的金錶給她看。他將它放在手掌中給她看時，她感覺「她完全知道了。我無需說任何話。」在他給她看錶時，他在對她說：「雷姆塞太太，我做到了。我全心全意感謝你的恩情。」看到金錶在他的手中，雷姆塞太太覺得明黛是多麼幸運呀！她將嫁給一個有小羊皮套子裝著金錶的男人！

「我多麼希望能跟你們去！」她喊著說。但是她被某件如此重要的事所牽絆，使得她甚至無法想像去問她自己那是什麼事。當然她不可能跟他們去。但是要不是因為另外這件事情，她很想去。她想起她的荒謬想法（嫁給一個有小羊皮套子裝錶的男人多麼幸運），心覺好笑，於是她嘴唇上帶著微笑，走進另一個房間，她的丈夫在裡面坐著讀書。

XIX

走進房間時，她對她自己說，當然她是來這兒拿她想要的某件東西。首先她要坐在某張特定的椅子上，在某個特定的燈下。但是她還想要更多東西，雖然她不知道，想不出來她要的是什麼。她看看她丈夫（拿起她的襪子開始織），看出他不希望被打斷——那意思很明顯。他正在讀的東西令他很動容。他半微笑著，她知道他在控制他的情緒。他猛力地翻動書頁。他在演出它——也許他想像他自己是書中的人物。她想知道那是什麼書。噢，她看到那是老華特爵士的一本書，她調整一下燈罩，讓燈光落在她織的東西上。因為查爾士・譚斯理說（她抬頭看，好像期盼聽到上一層樓板書掉落的撞擊聲）人們不再讀史考特了。然後她的丈夫想：「那是他們將要對我說的話」；所以他離開去拿一本他的書看。而且如果他下結論說查爾士・譚斯理說的「是真的」，他會接受史考特這個事實。（她看得出當他在讀時，他在衡量、考慮，將這個與那個比較。）但是他自己就不行。他對他自己總是不自在。那使她煩惱。他總會擔心他自己的書——它們會不會被讀？它們好嗎？它們為什麼能更好？人們認為我怎麼樣？因為她不想這樣想他，而且她想知道在晚餐時他們是否猜出來為什麼談到聲名與書籍流傳的問題時，他突然變得很敏感，還有小孩子是否在嘲笑這件事，所以她抽動一下襪子，於是在她的嘴唇與前額上展現所有以鋼製器具所作的優美雕刻，她變得像一棵靜止的樹，這棵樹原先在搖擺、抖動，而現在，風已經停了，它一片葉子一片葉子地進入沉靜。

無所謂，完全無所謂，她想。一個偉大的人，一本偉大的書，聲名——誰能分辨呢？她對這些完全不了解。但是他表現出的樣子，他的實事求是——例如在晚餐時她就會本能地想：要是他說話該多好！她對他有完全的信賴。而在排除掉所有之後，像一個人在潛水時通過一根草，一個泡沫之後，她沉得更深，她再度感覺，就像她在大廳別人講話時所感覺到的，她感覺：有某件我要的東西——某件我要來拿的東西，於是她落得愈來愈深，不知道那是什麼，她的眼睛閉著。她等了一會，織著，想要知道，然後，緩緩地，那些他們在晚餐時說過話，「芙蓉盛開，以及嗡嗡低語的黃蜜蜂。」開始有韻律地在她的心中從這邊流到那裡，而當它們流過時，字像小而有影的燈光，紅色的、藍色的、黃色的，在她黑暗的心中點亮，而且似乎留駐在那兒，縱橫飛越，或是大聲呼喊，發出回響；所以她轉過身，在她身旁的桌上摸索一本書。

而我們過往之生活
與未來之生活
皆充滿樹與更迭之葉

她喃喃低語，將她的針穿入襪子。然後她打開書，開始隨意地讀，由於她如此做，她覺得她像是在向後爬，向上爬，在於環繞於她上方的花瓣下往上前進，所以她只知道這是白的，或這是紅的。起先她並不知道字的意思。

> 航行，將你有翼的松木航向此處，疲倦的水手⑧

她讀，翻動書頁，擺動她自己，在這條路那條路上曲折前行，從一行跳到另一行，就像從一根樹枝跳到另一根樹枝，從一朵紅色與白色的花跳到另一朵，直到一個小小的聲音喚醒她——她的丈夫拍擊他大腿的聲音。他們的目光相碰觸了一秒鐘；但是他們都不想跟對方說話。他們沒有話好說，然而似乎有什麼東西從他傳向她。她知道是生命，生命的力量，以及巨大的幽默使他拍擊他的大腿。他好像在說：不要打斷我，不要說任何話；坐在那兒就好。然後他繼續閱讀。他的嘴唇抽動著。它充滿了他。它強化了他。他完全忘掉了晚上的瑣事，忘掉了他靜坐而別人還在無休止地吃喝多麼令他厭煩，忘掉了他對妻子的敏感，也忘掉了他對他們的暴躁與在意（因為他們傳閱他的書時好像它們根本不存在一樣）。但是現在他覺得誰達到Z根本無關緊要（如果思想像字母一樣從A走到Z）。有人會達到它——如果不是他，就是別人。這個人⑨的力量與理智，他對於簡樸的事物的情感，這些漁人，馬可白基特小屋中瘋狂的可憐老人使他感覺如此有活力，如此從某件事中甦解出來，使得他感覺激動，

---

⑧ William Browne的詩“The Syren's Song”。

⑨ 指小說家史考特。雷姆塞先生正在看他的小說“The Antiquary”。

意氣風發，而且無法克制他的眼淚。他將書本抬起一點蓋住他的臉，讓它們落下，同時搖晃著他的頭，完全忘記了他自己（但是沒有忘記關於道德的一二想法，法國小說，英國小說，以及史考特雖然手受縛，但是他的見解也許與其他的見解一樣真實）；他忘記了他自己的煩擾與失敗，他的心神完全集中在可憐的史第尼的溺死，馬可白基特的哀愁（這是史考特最好的表現）以及它所給予他的那種令人訝異的喜悅與活力感。

好吧，他讀完這一章時想，讓他們去改善它吧。他覺得他在跟某個人辯論，而且占了上風。不過他們怎麼說，他們是無法改善它的；他的立場變得更為穩固。那對情侶是無聊的人，他想，再度在他的心中將之組合。那是無價值的，那是第一流的，他想著，將事物互作比較。但是他一定要再讀一遍。他記不住那本書的整個形狀。他必須要暫時保留他的判斷。所以他回到另一個想法——如果年輕人不喜歡這個，他們自然也不喜歡他。一個人不應該抱怨，雷姆塞先生想，他試著不要對他的妻子抱怨說年輕人不讚揚他。他下定了決心；他不要再煩她。這時他看著她閱讀。她看起來很平和，讀著書。他喜歡去想像其他人都走光了，只剩下他與她單獨兩人。整個生命的意義不在於與一個女人上床睡覺，他想，於是他回到史考特與巴爾札克，回到英國小說與法國小說。

雷姆塞太太抬起她的頭，好像是一個微微睡著的人說他要她醒來，她會醒來，她真的會醒來，但是如果他沒有這個意思，她是否繼續睡，只要再睡一會兒，再一會兒？她爬上那些樹枝，一會兒走這條路，一會兒走那條路，伸手撫摸一朵花，然後另一朵。

也不要讚美玫瑰的深紅色⑩

這樣讀著讀著，她感覺她在升高，升高到山頂，升高到頂峰。多麼令人滿足！多麼平靜！日常的瑣細事物都被吸到這塊磁鐵上；她的心覺得被掃過，感覺清淨。然後它就在那兒，突然地完全在她手中成形，美麗又合理，清晰又完整，這是由生命中吸出的精隨，在這兒被圓滿地握住——十四行詩。

但是她意識到她的丈夫在看她。他在嘲弄地對她微笑，好像在微微地揶揄她大白天裡睡著了，但是同時他又在想：繼續讀。妳現在看起來不哀傷了，他想。而且他想知道她在讀什麼，他誇張她的無知、她的單純，因為他喜歡想像她不聰明，完全沒有書本上的知識。他想知道她是否了解她所讀的東西。他想或許她不了解。她美麗得令人訝異。在他看來她的美麗在增加中，如果那是可能的話。

⑩ 莎士比亞的十四行詩第九十八首。

然而似乎仍是冬天，而你已遠離
我撫弄這些花如同撫弄你的影子

她讀完了。

「怎麼樣？」她如夢般回應他的微笑說，同時眼睛離開書本往上看。

我撫弄這些花如同撫弄你的影子

她喃喃低語，將書放到桌上。

當她拿起編織的東西時，她回想自從最後一次單獨看到他之後發生了哪些事？她記得穿衣、看月亮；安德魯晚餐時盤子拿得太高；因為威廉說的某些話覺得沮喪；樹上的鳥；樓梯間的沙發；醒著的孩子；查爾士．譚斯理的書掉下來吵醒他們——噢，沒有，那是她編造的；以及保羅有一個小羊皮套子裝他的錶。她應該告訴他哪一項？

「他們互訂終身了，」她說，同時開始織，「保羅跟明黛。」

「我也這麼猜。」他說。這件事沒什麼好說的，她的心還在上上下下，跟著上上下下；他還覺得很有活力，很直接，在讀完史第尼的葬禮之後。他們如此靜默地坐著。然後她意識到她希望他說些話。

任何話，任何話，她想，她繼續織。說任何話都可以。

「能嫁給一個有小羊皮套子裝錶的男人多好。」她說，因為那是他們共同擁有的那種笑話。

他噴鼻作聲。他對這訂婚的感覺跟對任何訂婚的感覺一樣；這女孩對那男孩而言太好了。然後有個想法進入她的腦中，為什麼人總是要別人結婚呢？事物的價值與意義是什麼呢？（現在他們所說的每個字都會是真的。）說句話，她想，她只盼望聽到他的聲音。因為陰影——那籠罩他們的東西——開始了，她感覺到它貼近來繞著她。說任何話，她看著他，好像在乞求幫助。

他不出聲，將他錶鍊上的指南針來回擺動，想著史考特的小說與巴爾扎克的小說。但是經由他們親密的關係朦朧的牆（因為他們不由自主地在拉近距離，互相靠近）她能感覺到他的心意像一隻舉起的手籠罩住她的心；而因為她的思緒所轉的方向是他所不喜歡的（雖然她沒說話）——轉向這種他所謂的「悲觀主義」，他開始坐立不安，他將手伸到前額，捲捲一撮頭髮，然後又讓它掉下來。

「你今晚織不完那襪子的。」他指著她的襪子說。那就是她所想要的——他責備她的那種嚴苛的聲音。她想如果他說悲觀是錯的，或許它就是錯的；那婚姻會不錯的。

「是的，」她將襪子伸平在膝蓋上說：「我織不完。」

還有什麼?因為,她覺得他還在看她,但是他的表情改變了。他想要某樣東西——想要那樣她總是覺得很難給他的東西;他想要她告訴他她愛他。不行,她做不到。說話在他看來要比她認為的容易得多。他什麼事都能用言語說——她就做不到。所以自然地總是他在說話,然後為了某種原因他會突然對此介意,會責備她。他會說她是個無心的女人;她從沒告訴他她愛他。但並非如此——並非如此。只是她永遠無法說出她的感覺。他的外衣上沒有麵包屑嗎?她不能為他做什麼事嗎?她站起來,拿著棕紅色襪子站在窗前,她一方面是想避開他,一方面是因為她想起夜裡的海往往十分美麗。但是,她知道她轉頭的時候,他也轉了頭;他在注視她。她知道他在想;妳比以前更美了。而她也覺得她自己很美。你就不能跟我說一次你愛我嗎?他在想那件事,因為他心情激動,一方面是因為明黛與他的書,一方面是因為是一天結束的時候了,而且他們為去燈塔的事爭吵過。但是她做不到;她無法說那句話。然後明白他在看著她,她沒說話,只是轉過身來,握著她的襪子,注視他。在注視他時開始微笑,因為,雖然她沒說一個字,他知道,他當然知道她愛他。他無法否認。她微笑著往窗外看去,說(她心裡想:世界上再也沒有什麼比得上這種快樂):

「是的,你說的對。明天會下雨,你去不成了。」她沒有說那句話,但是他心裡明白。她微笑著注視他。因為她又得勝了。

歲月流逝

Time Passes

I

「好吧，我們只有等待未來去顯示了。」班克斯先生從臺階走進來說。

「天色幾乎暗得看不見了。」安德魯從海灘走上來說。

「幾乎分辨不出海跟陸地。」普璐說。

「我們要留那盞燈嗎？」他們在屋裡脫掉外衣時莉莉說。

「不要，」普璐說：「每個人都在屋裡，不必留。」

「安德魯，」她回頭叫：「關掉大廳的燈。」

一個接一個，所有的燈都熄滅了，只有卡米凱爾先生還讓他的蠟燭比別人燃久一點，因為他喜歡躺著不睡，讀一會兒味吉爾。

II

如此隨著所有的燈被熄滅，月亮的沉落，以及一陣細雨在屋頂上的敲打，無邊的黑暗開始落下。似乎沒有任何東西能逃過黑暗的大量洪流，黑暗從鑰匙孔與縫隙中溜進，在窗簾四周潛行，進入臥室，吞噬掉這兒一個瓶子與盒子，那兒一個雕有天竺牡丹圖案的紅黃色的碗，那兒一個衣櫃明晰的邊緣與穩固的形體。不但家具被混淆；幾乎沒有任何人，任何東西留下形體或心智，使得一個人可以藉之去分辨說：「這是他」或「這是她」。有時候一隻手被舉起來，好像要抓住什麼東西或擋住什麼東西，或者某個人嘆息一聲，或者某個人大笑一聲，好像在與空無分享一個笑話。

在客廳中，或在餐室裡，或在樓梯間，沒有任何東西在動。只有一些與風的本體分離的空氣經由生鏽的鉸鍊與被海水浸淫膨脹的木造物潛行到角落四周，闖進屋來（房子終於要倒塌了）。一個人幾乎可以想像當它們進入客廳，戲弄著懸垂的壁紙邊時，它們在詢問、探知，它還會懸很久嗎？它什麼時候會掉下來？然後，平滑地擦過牆壁，他們沉思地繼續通過，好像在問壁紙上紅色與黃色的玫瑰說：它們會不會褪色，並且詢問（輕聲細語地，因為它們有的是時間）字紙簍中破碎的信、花、書（這些現在全都展現在它們面前）：它們是聯盟嗎？它們是敵人嗎？它們能維持多久？

如此地，這兒或那兒的一線光將它們從某個未被雲遮的星星或漂泊的船或甚至燈塔中引導出來，暗淡的腳步踏在樓梯與墊子上，這些小小的空氣爬上樓梯，往臥室的門推進。但是在這兒它們當然得停住。任何其他的東西可能滅亡與消失，但這兒的東西是不變的。在這兒一個人可以對那些俯身在床上的滑動光線與摸索的空氣說：在這兒你們既不能觸摸，也不能毀壞。在臥室的門上，疲倦地，像鬼般地，好像它們有如羽毛般輕的手指與羽毛的堅韌，它們會看一看門閉上的眼睛與緊握的手指，然後疲倦地收起它們的衣服，不見了。如此摩擦、推進，它們走向樓梯間上的窗戶，僕人的臥室，閣樓裡的箱子；它們降落下來褪去餐室桌子上蘋果的光澤，觸摸玫瑰的花瓣，試試畫架上的畫，拂過墊子，吹動地板邊上的一些沙。最後所有都停住，都聚集在一起，一起嘆息；所有一起發生一陣無緣由的怨嘆，只有廚房中的某個門與之應和；它們到處晃動；什麼也不接納；最後砰的一聲關閉。

（這時正在讀味吉爾的卡米凱爾先生吹掉他的蠟燭。已經過了午夜。）

III

但是一個夜到底是什麼呢？是一陣短暫的時間，尤其是當黑暗這麼快地變弱，這麼快地一隻鳥兒歌唱，一隻公雞鳴叫，或是一團模糊的綠色，像一片旋轉中的樹葉，在海浪的空洞聲中加速。然而一個夜接續另一個夜。冬天貯藏起一群它們，用永不疲倦的手指平均地分發它們。它們延長；它們之中有一些將清晰如明亮的盤子的行星舉高。秋天的樹，雖然已遭破壞，仍然承受在陰涼的教堂洞穴裡破碎的旗子所發出的閃亮，在那兒大理石頁上的金字描述著戰爭中的死亡，以及屍骨在遙遠印度的沙中褪色、燃燒。秋天的樹在黃暈的月光中閃爍，在秋分前後的滿月的光中閃爍，這月光將勞苦的活力變柔，將殘株斷幹撫平，並且將輕拍海岸的波浪化為藍色。

現在看來神聖的上天似乎被人類的懺悔與人類所有勞苦所感動，它已分開幕簾，展現後面獨特、清晰、直立的兔子；浪潮在退落；船在搖晃，這一切如果我們有資格去擁有，應該永遠是我們的。但是，唉呀，神聖的上天扯動繩索，拉起幕簾；它沒有取悅祂；祂將她的寶藏遮蓋住在一陣冰雹下，如此地破壞它們，混淆它們，使得它們的寧靜似乎不可能回來，使得我們不可能從它們的碎片中組成一個完美的整體，或是在雜亂的碎片中讀到真理清晰的字詞。因為我們的懺悔只值得一瞥；我們勞苦只能喘息。

現在夜充滿了風與毀壞；樹木晃動、彎曲，它們的葉子倉皇飛舞，直到草地佈滿了它們，並且一堆堆落在水溝中，堵住雨水管，散佈在潮濕的小徑上。海也在搖晃它自己、破壞它自己。要是有任何在睡夢中的人幻想他也許能在海灘上找到他疑惑的答案，讓海分享他的孤獨，要是他真的甩掉被子，一個人走上沙去，沒有任何類似的服侍與神聖的機敏的影像會迅速來到，將夜帶向秩序，使世界反映靈魂的周界。指針在他的手中縮小，聲音在他的耳中吼叫。看來在如此的混亂中詢問夜那些使睡眠者離開床舖尋求答案的問題（如什麼，為什麼等問題）是沒有用的。

（沿著一條通道蹣跚而行的雷姆塞先生在一個黑暗的清晨伸出他的手臂，但是，雷姆塞太太前一天晚上突然死了，他伸出他的手臂。他什麼也沒有抓到。）

IV

房子空了，門上了鎖，床墊捲了起來，於是那些遊蕩的空氣，大軍的先鋒，咆哮著進來，擦過空無一物的木板，輕咬、飄動，它們在臥室與客廳中沒有碰到能完全抵抗它們的東西，只碰到舞動的窗簾，軋軋作聲的木頭，桌子光禿的腳，以及已經生苔、失去光澤、破掉的鍋與瓷器。人們丟掉、留下的東西——一雙鞋、一頂獵帽、一些衣櫃中褪了色的裙子與外衣——只有這些保留著人形，並且在它們的空無中顯示出它們曾一度如何被充滿，賦予生命；手曾如何忙著拿鈎子、鈕扣；穿衣鏡曾如何容納一張臉；曾容納一個被挖空的世界，在其中一個人形轉身，一隻手閃動，門打開，小孩衝進來；然後又出去。現在，一日復一日，光線像一朵映照在水中的花在對面的牆壁上轉動它清晰的影像。只有在風中揮舞的樹影在牆上彎腰鞠躬，然後一會兒將映照著光的池塘遮住；要不就是飛鳥緩慢地在臥室地板上輕柔地拍動翅膀。

就這樣，美麗與寂靜統治著，並且一起形成美麗的形狀，一個生命已離開的形狀；孤單如一黃昏中遙遠的池塘，從火車窗中望見的池塘，它消失得如此之快，以至於在黃昏中暗淡的池塘幾乎未被奪去它的孤單，雖然它已被看見。美麗與寂靜在臥室中握手，而在被覆蓋的瓶子與罩起的椅子中，即使是風的窺探與濕冷海風的柔軟鼻子（摩擦著、嗅著，稱述著它們的問題：你們會褪色嗎？你們會毀滅嗎？）也幾乎不能擾亂這寧靜、冷漠、與純粹完整的空氣，似乎它們所問的問題不需要它們去回答：我們會繼續存在。

似乎沒有任何東西能夠破壞那個影像，腐化那種純真，或者擾亂寂靜搖曳的斗篷。一週復一週，在這空屋子中，寂靜將鳥兒遠去的叫聲，船的汽笛聲，原野上的嗡嗡聲，一隻狗的吠聲，以及一個男人的叫喊聲織入它自己，並且將它們籠罩在房屋四周，使它們進入寂靜。只有一次一塊木板在樓梯平臺上裂開；有一次在午夜時，隨著一聲爆裂的巨響，好像經過了幾世紀的寂靜，一塊岩石從山上掉落下來，滾入山谷中，披肩一邊的褶層鬆了，來回飄動。然後寧靜又降落了；陰影搖曳，光向它自己在臥室牆上的影像鞠躬致意；這時麥可耐太太用放在洗衣盆裡的手撕裂寂靜的面紗，用輾踏砂礫的靴子磨碎它，她是遵照指示前來打開所有的窗子，拂去臥室的灰塵。

V

當她蹣跚前進（因為她像海上的船一樣搖擺起伏）並且用眼斜視（因為她的目光並不直

接落在物體上，她用駁斥這世界的輕蔑與憤怒的斜側一瞥看東西——她知道她是愚蠢的）時，當她抓住欄杆把自己拖上樓梯，從一個房間搖擺到另一個房間時，她哼著歌。擦拭著長長的穿衣鏡，斜視著她搖擺的身體，一個聲音從她的嘴唇中發出來——也許是二十年前在舞臺上所哼唱的舞曲，但是現在，由這個沒牙的，戴著軟帽的老媽子口中哼出來，已經被剝奪掉了意義，就像愚蠢、幽默與固執的聲音，被踩在腳下但是又跳起來，因此在她蹣跚前進，拂掃灰塵時，她似乎在說一個久遠的哀傷與煩惱，如何地起來然後又上床，拿出東西來，又收起它們來。這個她已經認識將近七十年的世界並不舒適。她因為疲累彎下腰來。跪在床下吱吱作聲地擦著木板，呻吟著，她問：它還能維持多久？但是她又蹣跚地站起來，斜著眼睛看東西，這斜視從她的臉上，從她自己的哀傷中滑溜出來，甚至轉出來，她站著朝鏡子裡看，傻笑著，然後又開始一跛一跛地前進，拿起墊子，放下瓷器，斜眼瞧鏡子，好像畢竟她有她的安慰，好像她的哀歌中真的纏著某種根深柢固的希望。在洗衣盆邊一定有過歡樂的景象，譬如說她的小孩子吧（但兩個是私生子，而且一個已經離棄了她），在酒店裡，喝著酒；在她的抽屜裡翻著殘餘的碎片。一定有過某種黑暗的分裂，在陰暗的深處一定有某種管道，經由它發出充足的光線，扭曲她在鏡中裂口而笑的臉，並且使得她在回到工作時哼出那首古老的音樂廳曲子。同時神祕主義者與幻想者走在海灘上，攪動一攤泥漿，注視一個石頭，並且問他們自己：「我是什麼？這是什麼？」然後突然一個答案賜給他們（它是什麼他們說不出來）：於是他們在冰霜中得到溫暖，在沙漠中得到舒適。但是麥可耐太太繼續像從前一樣喝酒閒扯。

VI

沒有一片樹葉被拋擲的春天，不假裝飾，明亮，像一個貞潔、純真的處女那般強烈、美得傲慢，這樣的春天在原野上鋪開，張大眼睛，警戒著，毫不在意觀看的人做什麼，想什麼。〔普璐．雷姆塞倚在她父親的手臂上，在那年五月成婚了。人們說：還有什麼更合適的事呢？而且，他們還說，她看起來多美！〕

當夏天接近，當黃昏延長，最奇異的想像來到醒著的、充滿希望的人身上，在海灘上行走，攪動池塘的水——想像肉體變成微微粒，在風中飄揚，想像星星在他們的心中閃耀，想像懸崖、海、雲以及天空被有意的聚攏，將內在景象四散的各個部分在外表上集合起來。在那些鏡子中，在人們的心中，在那些永遠轉變的雲層中，陰影形成的不安定的水塘中，夢持續著，沒有可能去防止所有的海鷗、花、樹木、男人女人、以及白色的大地本身似乎宣布的話（但是如果遭到質疑就立刻撤退）：善將得勝，快樂永存，秩序統治萬物；也不可能去防止特異的刺激四處漫遊，尋找絕對的善，某種熱情的結晶，遠離我們所知的享樂與熟悉的德行，某種與家庭生活的程序相異的東西，獨特、堅硬、明亮，像沙中的鑽石，能夠使擁有者覺得安心。此外，溫柔的，靜默的春天，伴著她嗡嗡的蜜蜂與飛舞的蚊蚋，揮舞她的披風，用面紗遮住她的眼睛，轉開她的頭，在通過的影子與飛過的細雨中，似乎讓她明白了人類的哀愁。⑪

〔普璐．雷姆塞那年夏天生產時去世了。人們說那真是個悲劇。他們說沒有其他人值得擁有更多的快樂。〕

而現在，在夏天的酷熱中，風再度將它的間諜遣至屋子四周。蒼蠅在向陽的房間中織了一個網；靠近窗玻璃生長的野草在晚上規則地敲打它。當黑暗落下時，先前權威地照射在黑暗的地毯，追蹤著它的紋路的燈塔的光現在以春天稍微柔和的光來到，它混合著月光，溫柔地滑行，似乎在悄悄地撫摸，徘徊後，觀望一下，然後又鍾情地來臨。但是在這鍾情的愛撫的平靜中，當那道長長的光倚在床邊時，岩石裂開了；披肩的另一邊褶層鬆了；它在那兒懸著，擺動著。在短暫的夏夜與長久的夏日中，當無人的房間似乎在伴隨著原野的回聲與蒼蠅的嗡聲喃喃低語時，狹長的飾帶溫柔飄動，漫無目的地搖擺；太陽如此地替房間鑲上花邊，飾上條紋，讓它們裝滿黃暈的薄霧，使得麥可耐太太，當她闖進來四處走動，拂去灰塵，清掃房間時，看起來像一隻熱帶魚在陽光穿透的水中向前划行。

但是雖然那也許是睡眠，但稍後在夏天中不祥的聲音來到了，像是槌子規則地打擊在毛氈上所變鈍的聲音，它重複地敲打著，依舊使披肩更為鬆動，使茶杯更為破裂。有時候一些玻璃杯在櫥櫃中叮噹作響，好像一個巨大的聲音痛苦地尖聲狂叫，使得立在櫥櫃中的大玻璃杯也隨之顫動。然後寧靜再度落下；然後，一夜復一夜，有時候就在白天，當玫瑰正明豔的時候，當光清晰地在牆上轉動它形體的時候，好像有東西落入這份寧靜，這份冷漠、這份完整，某個東西掉下來的撞擊聲。

〔一個砲彈爆炸了。二十三個年輕人在法國被炸死，安德魯・雷姆塞是其中的一個，所幸他立即就死了，沒有受什麼痛苦。〕

在那個季節，那些到海灘上去散步，去問海與天空所發出的是什麼訊息或肯定什麼景象的人必須在上天慣常賜與的徵兆（海上的落日、黎明的灰白、月的升起、月照的漁船，以及小孩手裡拿著一把草相互拋擲）中想想某種與這歡樂、這平靜失去協調的東西。譬如說有一艘灰白色的船安詳地出現，來了，走了；在風平浪靜的表面上有一個略帶紫色的汙點，好像有什麼東西在海底下無形地沸騰流血。這個侵入景色中，計畫攪動最崇高的映像並導致最舒適的結論止住了它們的腳步。想要淡然忽視它們，消除它們在這景色中的意義，是很困難的；當一個人走過海灘，想要繼續讚嘆外在的美如何映出內在的美，是很困難的。

---

⑪　麥可耐太太轉而象徵Great Mother。

大自然補充了人的進展嗎？她完成了人所開始的事嗎？帶著同樣的自足，她看到人的悲哀，寬恕人的卑鄙，並且默許人的苦難。那麼那個分享、完成、孤獨地在海灘上找到一個答案的夢只不過是鏡中的一個映像，而鏡子本身豈不也只是當更高貴的力量在底下沉睡時所默默形成的一片表面的玻璃質？不厭煩、失望，但是又不願意走（因為美呈現出它的誘惑，有她的慰藉），要在海灘上散步，這是不可能的；沉思是維持不住的；鏡子已經破了。

〔卡米凱爾先生那年春天出了一冊詩集，銷路意外地好。人們說戰爭復甦了他們對詩的興趣。〕

VII

一夜一夜過去，夏天冬天過去，暴風雨的折磨與好天氣像箭一般的寂靜不受擾亂地打著官司。從空屋子樓上的房間傾聽（假如有人傾聽的話），只有伴隨著閃電的龐大的混亂能夠被聽到，滾動著、震盪著，風與浪嬉戲著，像巨獸模糊的巨大身軀，額頭無法被理智的光刺穿，它們一個攀在一個上面，在黑暗中或日光中（因為夜與日，月與年都無定形地聚在一起）前衝下躍，進行著白癡的遊戲，直到整個宇宙都似乎在粗野的混亂與放縱的慾望中無目的地自行交戰、轉動。

在春天裡，花園中的甕，不經意地長滿被風吹得東倒西歪的植物，跟從前一樣快樂。紫羅蘭來了，水仙花來了。但是白晝的寂靜與明亮跟夜晚的混亂與喧囂同樣奇特，樹站在那兒，花站在那兒，往前看，往上看，但是什麼也沒看到，沒有眼睛，如此可怕。

VIII

想想這也沒有什麼關係，因為有人說這家人不會回來了，永遠不會回來了，而且這房子也許會在米迦勒節時賣掉，麥可耐太太蹲下來採一束花，準備帶回家去。她拂拭灰塵時將它們擺在桌上。她喜歡花。讓它們這樣荒廢真是可惜。要是這房子被賣掉（她兩手叉腰站在穿衣鏡前），它需要整理——一定需要。這麼幾年來它就矗立在那兒，沒一個人住過。書跟其他東西都發霉了。一方面是因為戰爭，一方面是因為不容易找到人幫忙，這屋子沒有照她所希望的得到清理。現在要想靠一個人的力量清理是不可能的。她太老了。她的腿又痛。所有那些書必須拿到草地上曬太陽；大廳中有灰泥掉下來；書房窗戶上的雨水管塞住了，使得雨水跑進去；地毯差不多面目全非了。但是這家人該自己來，他們該派個人來看看。因為櫃子中還有衣服；他們在所有的臥室都留下衣服。她該怎麼處理它們？它們裡頭都長蠹了——雷姆塞太太的東西。可憐的夫人！她不會再需要它們了。他們說她幾年前在倫敦去世了。這是她在整理花園時所穿的那件老舊披風（麥可耐太太用手指撫摸著它）。她可以看到她，當她拿著要洗的衣服走過通道，俯身在她的花前（這花園現在是一幅可憐的景象，一片零亂，花壇中會跑出兔子朝你衝過來）——她可以看到她穿著那件灰色的披風，她的一個小孩在她身邊。這些靴子，鞋子，還有一根刷子，梳子留在化妝臺上，天呀，好像她以為明天要回來。（他們說她最後是突然死的。）有一次他們說要來，但是又沒來，一方面是因為戰爭，而且最近旅行又非常困難；他們這些年從沒來過；只是寄給她錢；但是從沒寫過信，從沒來過，還以為東西像他們走時一樣，啊！天呀！為什麼化妝臺的抽屜裡裝滿東西（她把它們拉開），手帕，一條條的絲帶。是的，她能夠看到雷姆塞太太拿著要洗的衣服走過通道。

「晚安，麥可耐太太。」她會說。

她的舉止很令人愉悅。女孩子都喜歡她。但是，唉，自從那時候起很多事情都改變了（她關上抽屜）；很多家庭已經失去他們最親愛的人。她死了；安德魯先生被殺死了，普璐小姐也死了，他們說是生頭一胎死的；但是這些年來每個人都失去了某些人。物價不合理地升高了，但是再也落不下來了。她還記得很清楚她穿著灰色披風的樣子。

「晚安，麥可耐太太。」她說，並且告訴廚子替她留一盤牛奶湯——她的確認為她需要它，因為剛從城裡提著重重的籃子一路回來。她現在還能看到她，俯身在她的花上；模糊、搖曳，像一團黃色的光，或是望遠鏡一端的圓圈，一位夫人身穿灰色的披風，俯身在她的花上，在臥室的牆上漫遊，在化妝臺上，在盥洗臺前，當麥可耐太太跛著足走動，拂著灰塵，伸直身子時，她看到這些。廚子的名字呢？米德蕾？瑪麗安？——反正是類似那樣的名字。啊，她忘記了——她真的忘記了一些事情。她性情激烈，像所有紅色頭髮的女人一樣。他們有過很多歡笑。她在廚房裡一向是受歡迎的。她使得他們笑。現在不如從前了。

她嘆氣；這樣的工作量對一個女人來說太多了。她搖晃她的頭。這兒從前是育嬰室。什麼，這兒這麼潮濕；灰泥掉下來了。他們幹麼吊個野獸的頭骨在那兒？也發霉了。每個閣樓裡都有老鼠。雨水滲進來。但是他們從不派人；從不來。有些鎖不見了，所以門砰砰作響。她黃昏時也不想一個人在這兒。一個女人做不了那麼多、那麼多事、她發出嘎嘎聲，她呻吟。她砰一聲把門關上。她將鑰匙在鎖中轉動，關上房子，鎖上房子，讓它單獨留在那兒。

IX

房子被留下來；房子被遺棄了。它就像一個貝殼被留在沙丘上，塞滿了乾的鹽粒，因為生命已經離開了它。長夜似乎已經開始了；輕輕咬動的微風與胡亂摸索的濕冷空氣似乎得勝了。鍋子生鏽了，墊子腐爛了、蟾蜍爬了進來、披肩閒散地，無目的地來回搖擺。食物貯藏室裡，一棵薊將它自己擠在磚瓦間。燕子在客廳裡築巢；地板上佈滿了稻草；灰泥一鏟鏟地掉落下來；椽被挖空了；老鼠載走這個，載走那個，到壁板後面去啃食。龜甲蝴蝶從繭中迸出來，將牠們的生命拍打在窗玻璃上。罌粟花散布在大理花間；草地上高高的草擺動著；巨大的朝薊聳立在玫瑰間；一朵鑲邊的康乃馨開在甘藍菜間；野草在冬夜輕敲窗戶的聲音，變成強壯樹木與有刺的石南的隆隆響聲，使整個房間綠了一夏。

現在有什麼力量能阻止大自然的富饒與冷漠呢？有什麼力量阻止麥可耐太太所夢到的夫人、小孩與一盤牛奶湯呢？它像些許的陽光在牆上搖曳，然後消失了。她已經鎖上門；她已經走了。她說那超過一個女人的力量。他們從沒有派人來。他們沒有寫信來。抽屜裡有些東西腐爛了——讓它們搞成這樣真是可恥，她說。這房子快要被毀了。只有燈塔的光進入房間一會兒，在冬日的黑暗中突然地來瞧瞧床鋪、牆壁、鎮定地注視著薊、燕子、老鼠以及稻草。現在沒有任何東西阻擋它們；沒有東西對它們說不。讓風吹吧；讓罌粟花種子還有康乃馨跟甘藍菜配種。讓燕子在客廳中築巢，薊在磚瓦間擁擠，以及蝴蝶在扶手椅褪色的印花棉布上曝曬它自己。讓破掉的玻璃與瓷器躺在草地上，與草、野莓糾纏在一起。

因為現在那個時刻已經來到，那個黎明顫抖，夜晚中止的停頓時刻，這時候如果一根羽毛降落在天秤上，它將被壓垮。只要一根羽毛，這屋子就會下落，跌入黑暗的深淵。在被毀掉的房間裡，野餐的人會點燃他們的水壺；情侶在那兒安棲，躺在光禿的木板上；牧羊人在磚塊上儲存他的晚餐，而流浪者在那兒睡覺，用外衣裹住身子禦寒。然後屋頂會掉下來；石南與毒人參會抹去路徑，臺階與窗戶；它們會生長，參差不齊但蓬勃地越過土堤，直到一個迷路的侵入者只能藉著蕁麻中的一根火紅的撥火鐵棒、或毒人參中的一塊瓷器，辨認這兒曾有人住過；曾經有過一座屋子。

如果羽毛掉落下來，如果它使天秤傾斜下墜，整個屋子就會落入深淵，落入湮沒的沙中。但是有一股力量在運作；一種不具有高自覺性的東西；一種睨視，蹣跚而行的東西；一種沒有受到啟示去以尊貴的儀式或莊嚴的歌唱進行工作的東西。麥可耐太太呻吟；拜斯特太太發出嘎嘎聲。她們年紀大了；她們僵硬了；她們的腿痛。她們終於帶著她們的掃帚與桶子來了；她們開始工作。突然間，年輕小姐中的一位寫信來說麥可耐太太能不能將房子準備好，她能不能將這個做好，將那個做好；盡快地做。他們夏天也許會來；已把所有事情留到最後；希望看到東西像他們離開時一個樣子。緩慢地，辛苦地用掃帚、桶子擦洗著，麥可耐太太與拜斯特太太阻擋腐爛與枯朽；從已經迅速逼近它們的時間的水池中解救出一個水盆，一個櫥櫃，某個早晨將威夫里小說系列與一套茶具從湮滅中提取出來；下午時將一個黃銅製的爐圍與一套銅製的火爐用具重見天日。拜斯特太太的兒子喬治負責抓老鼠、剪草。他們有創造者的精神。伴隨著鉸鍊的嘎嘎聲，門栓的吱吱聲，濕而膨脹的木製品的砰砰聲，某種生鏽的、辛苦的誕生似乎開始了，兩個女人蹲下、起來、呻吟、唱歌、敲擊，一會兒在樓上，一會兒在地窖。啊，她們說，這種工作！

她們有時候在臥室或書房中喝茶；中午時暫停工作，她們的臉弄得髒兮兮的，她們年老的手緊緊握著掃帚的把手，攤坐在椅子上，她們一會兒想著她們偉大的征服：水龍頭與浴室；一會想著更費力、更片面的征服：一長排一長排的書，以及黑得像烏鴉一樣，現在變成帶汙的白色，孳生著淡色的菌，藏匿著鬼祟的蜘蛛。再一次，當她感覺到茶溫暖地在她身體中，望遠鏡湊上麥可耐太太的眼睛，在一道光圈中她看到那位老紳士，瘦得像根耙子，當她拿著要洗的衣服走過時，搖晃著他的腦袋，在草地上跟他自己說話（她想）。他從來都沒注意到她。有人說他死了；有人說她死了。到底是誰？拜斯特太太也不清楚。那位年輕的紳士死了。這一點她確定。她在報紙上看到過他的名字。

還有那個廚子，米德蕾，瑪麗安，某個類似那樣的名字——一個紅頭髮的女人，性情很急躁，她那一類的人多半如此，但是心地也很好，只要你了解她的方式。他們一起有過很多歡笑。她替瑪姬留一盤湯；一小片火腿；任何剩下的東西。那時候他們活得很好。他們擁有所有他們需要的東西（熱茶在她的體內，坐在育嬰室爐圍邊上的柳條扶手椅上，她展開她記憶的毛線球）。那時候總是有很多事要做，人們待在屋子裡，有時候有二十個之多，洗東西一直要洗到午夜過後很久。

拜斯特太太（她不認識他們；她那時候住在格拉斯哥）放下杯子，她很奇怪他們將那野獸的頭骨吊在那兒做什麼？一定是在國外射獵的。

也許是吧，麥可耐太太說；她繼續沉浸在她的回憶中；他們在東方的國家中有朋友；紳士們待在那兒，女士們穿著晚禮服；有一次她從餐室的門看到他們一起坐著吃晚餐。她敢說有二十人，都戴著珠寶。她要求留下來幫忙洗東西，也許要洗到午夜過後。

啊，拜斯特太太說，他們會發現它改變了。她倚著窗口往外往。她看著她的兒子喬治剪草。他們也許會問：到底對它做了什麼？老甘迺迪如何該負責這件事，但是後來他從馬車上掉下來後，他的腿不行了；然後也許一整年，或是一年中天氣好的時間，沒有一個人來；然後是大衛．麥唐諾⑫，種子也許寄來了，但是誰敢說已經種下去了呢？他們會發現它改變了。

她看著她的兒子剪草。他是個工作的好手——默默不語的那一型。他們該整理櫃子了，她想。她們使勁站起來。

最後，經過數日屋內的勞動，屋外的剪草與挖掘，撣子在窗戶上輕拂而過，窗戶都關了起來，鑰匙在整棟屋子裡轉動過；前門被砰一聲關上；完工了。

而現在，好像清理、擦拭與割草湮沒了它似的，那個只聽得見一半的曲調升起來，那斷斷續續的音樂，耳朵只聽到一半，但仍在任由它發出；一陣吠聲、羊鳴聲；不規則、斷斷續續，但是又好像有關連；昆蟲的嗡嗡聲，剪下的草的顫動，砍斷了，但是又好像仍牽絆著；

⑫ 接甘迺迪工作的園丁。

金蜣甲蟲的軋轢聲，輪子的嘎嘎聲，聲音很大，很低沉，但是有神祕性的關連；耳朵奮力地想將它們集合在一起，但是卻聽不清楚，無法完全調和，到了最後，晚上的時候，一個聲音接著一個聲音消失了，和音動搖了，寂靜落下來。落日使尖銳消失，像霧的升起，寂靜升起來，寂靜擴散開，風平靜下來；世界鬆弛地讓自己躺下睡覺，除了樹葉間所充盈的綠色，或是窗邊白花上面的蒼白色，四周全是一片黑暗，沒有光。

〔九月的一個夜裡，莉莉·布里斯柯將她的行李拿到屋子前面。卡米凱爾先生也坐同一班火車來。〕

X

然後寧靜真的來臨了。寧靜的訊息從海洋傳送到海岸。再也不去打擾它的睡眠，反而去哄它讓它睡得更沉，讓作夢者作任何神聖的、明智的夢，去確定——它還低聲說些什麼呢？——莉莉·布里斯柯在乾淨而寂靜的房間中，頭枕在枕頭上，聽著海的聲音。透過開著的窗子，世界美的聲音低聲傳來，聽不太真切說些什麼——但是有什麼關係，只要意義明顯就好——它懇求睡覺的人（這屋子再度裝滿了人；貝克維斯太太住在這兒，卡米凱爾先生也是），如果他們真的不想來到海灘上，至少該拉起窗簾往外看一看。他們將會看到夜呈紫色往下流動；他的頭戴著皇冠；他的權杖鑲著珠寶；一個小孩如何地注視他看。如果他們還是猶豫（莉莉旅遊勞累，立刻睡著了；但是卡米凱爾先生還在燭光下讀書），如果他們還是說不，說他的這種光輝只是幻想，說朝露比他還更有力量，說他們寧可睡覺，那麼這聲音也不會抱怨，不會論辯，它會輕柔地唱它的歌。波浪會輕輕地拍打（莉莉睡夢中聽到）；光柔和地落下（它似乎穿過她的眼皮）。它看起來跟幾年前沒什麼兩樣，卡米凱爾先生想，然後他合上書本睡著了。

當黑暗的簾幕裹住自己，籠罩著屋子，籠罩著貝克維斯太太、卡米凱爾先生，以及莉莉・布里斯柯，以至於他們的眼睛上覆蓋著數層的黑暗，就在這時候，那聲音真的又會重新說：為什麼不接受這個，以這個為滿足？為什麼不默許、順從？所有圍繞著島嶼有節奏地拍打的海的嘆息聲撫慰著他們；夜裹住他們；沒有任何東西破壞他們的睡眠，直到鳥兒開始鳴叫，黎明將它們細小的聲音織入它的白色中，一輛馬車輾過，某處的一隻狗吠叫，太陽推開簾幕，在他們的眼前揭開面紗，這時莉莉・布里斯柯從睡夢中驚醒，她抓緊毯子，像一個墜落的人抓懸崖邊上的草。她的眼睛張得大大的。她又來到這裡，她想。她在床上坐直身子，清醒著。

燈塔

The Lighthouse

I

那麼它的意義是什麼？它能有什麼意義？莉莉．布里斯柯問她自己。因為現在只有她一個人，她想知道她是否該去廚房再拿一杯咖啡，或是在這兒等。它的意義是什麼？——這是她從某本書裡學來的時髦話，滿能夠切合她現在的思緒，因為在這與雷姆塞一家人相處的第一個早晨，她無法收縮她的感覺，她只能讓一個句子反覆回響，去遮蓋她心中的空白，直到這些幻想萎縮為止。真的，她的感覺是什麼？經過這麼多年又回到這裡，而雷姆塞太太又已經去世了。什麼感覺也沒有，沒有任何她能表達出來的感覺。

她是昨天深夜時來的，那時一切都那麼神祕、黑暗。現在她醒著，坐在早餐桌前她的老位子上，但是只有一個人。時間還很早，還不到八點鐘。有一場遠行——他們要到燈塔去，雷姆塞先生、康敏跟詹姆士。他們應該已經走了——他們得趕漲潮什麼的。康敏沒準備好，詹姆士也沒準備好，南西忘了訂三明治，使得雷姆塞先生發了脾氣，砰的一聲關上門走出去。

「現在去還有什麼用？」他咆嘯說。

南西不見了。他憤怒地在臺階上走上走下，似乎聽到整個屋子裡都是砰砰關門跟叫喊的聲音。然後南西跑進來，朝房間四處看看，以一種很奇怪的，一半惶惑一半絕望的態度問說：「要送什麼到燈塔上去？」好像她在逼迫自己做一件自知不可能做到的事情。

真的，要送什麼到燈塔上去？要是其他的時候，莉莉可能會理智地建議送茶、菸草、報紙。但是這個早晨一切事情看來都如此特異，使得一個像南西所問的那種問題——要送什麼到燈塔上去？打開了一個人心中的門，門砰砰地響，來回晃動，使得一個人張目結舌，繼續問：要送什麼？要做什麼？到底為什麼坐在這裡？

一個人（因為南西又出去了）坐在放著乾淨杯子的長桌前，她覺得她跟其他人隔離開來，只能繼續注視，發問，好奇。這個屋子、這個地方、這個早晨，所有這些對她來說都似乎是陌生的。她覺得她在這裡沒有歸屬感，與這裡沒有關連，任何事都可能發生，而真正所發生的，外頭所踏的一個腳步，一個叫喊的聲音（有人喊說：「它不在櫃子裡：在樓梯平臺上」），是一個問題，好像通常使事物連接的環結分開了，使它們到處飄浮，不見了蹤影。看著她的空咖啡杯，她想：它是多麼沒有目標，多麼混亂，多麼不真實。雷姆塞太太去世了；安德魯被殺了；普璐也死了——儘管她重複說這些，卻沒有感覺。而我們所有人在這樣的一個早晨，在這樣的一個屋子裡聚集，她說。她朝窗外看去——是美麗寂靜的一天。

II

雷姆塞先生通過時突然抬起頭直直地注視她，他的目光狂亂但又銳利，好像他一剎那間看到她，第一次看到她，永遠注視著她；她裝模作樣地拿起已經空的咖啡杯來喝，藉以逃避他——逃避他對她的要求，將那迫切的需求再擱在旁邊一會。然後他對她搖搖頭，往前走去（她聽到他說「孤單」，她聽到他說「滅絕」），這些字在這個奇異的早晨像所有其他東西一樣變成了象徵，將它們自己寫在灰綠色的牆壁上。她覺得只要她能將它們聚合，將它們寫成一個句子，她就可以得知事物的真相。老卡米凱爾輕輕地走進來，拿起他的咖啡，端起他的杯子，走出去坐在太陽下。這奇特的不真實令人害怕；但也令人興奮。到燈塔去。但是要送什麼到燈塔去？滅絕。孤單。對面牆壁上灰綠色的光。空屋子。這些是一部分，但是如何聚合它們？她問。好像任何打岔都會破壞她正在桌上構築的脆弱形體，她將背轉向窗戶，免得雷姆塞先生看到她。她一定要以某種方法逃避，單獨待在某個地方。突然間她記起來。當她十年前坐在那兒時，桌布上有個小小的樹枝或葉子的圖案，她曾經注視它，在啟示的一刻。曾經有個問題，是關於一幅畫的前景。她曾經說：將樹移到中間。她沒有完成那幅畫。這些年來它一直都在她的心中撞擊。她現在要畫那幅畫。她想知道她的顏料在那裡。她的顏料，是的。她昨天晚上把它們留在大廳了。她要立刻開始。她很快地站起來，在雷姆塞先生轉身之前。

她替她自己拿張椅子。她以她標準老處女的動作將畫架固定在草地的邊緣，不太靠近卡米凱爾先生，但也近得足夠保護他。是的，她十年前一定就是站在這兒。那兒是牆壁；樹籬；樹。問題是那些團狀色彩之間的關連。她這些年來就將這問題放在心中。似乎答案已經來到！她現在知道她要怎麼做。

但是雷姆塞先生逼近她，使她什麼也做不成。每次他接近──他正在臺階上走來走去──毀滅就接近，混亂就接近。她無法畫。她停下來，她轉身；她拿起這塊布；她擠那根顏料管。但是她所做的都是要去避開他一會兒。他使得她無法做任何事。因為只要她給他一點點機會，只要他看到她一會兒沒事做，往他那邊看一下，他就會過來，說（就像他昨天晚上說）：「你發現我們變化很大。」昨晚他站起來，停在她前面，說那句話。雖然他們都坐著，呆滯地注視著，那六個他們習慣以英格蘭國王與皇后名號稱呼的孩子──紅臉的、公正的、邪惡的、無情的──她感覺到他們如何地在底下騷動。仁慈的老貝克維斯太太說了一些理智的話。但這是一座充滿不相干熱情的屋子──她整個晚上都覺得如此。而在這混亂的頂上，雷姆塞先生站起來，握緊她的手，說：「你會發現我們變化很大」，而他們沒有任何人移動或說話；但是他們都座在那兒，好像他們被迫讓他說話。只有詹姆士（當然是陰沉的）

對著燈皺眉頭：康敏將她的手帕繞著手指轉。然後他提醒他們明天要去燈塔。七點半鐘時他們一定要在大廳準備好。然後他手放在門上，停下來；他對他們展開攻擊。他們不想去嗎？他問。要是他們敢說不（他有某種理由要這個回答），他恐怕會悲劇地將他自己往後拋入痛苦絕望的荒野。他有天賦作這種姿態。他看起來像個被放逐的國王。詹姆士頑強地說好。康敏更可憐，結結巴巴地說話。他們說好，好，他們兩個都會準備好的。她突然想到這是悲劇──沒有棺槨，遺骸與壽衣；但是孩子被強迫，他們的精神被壓制。詹姆士十六歲，康敏十七歲，大概吧。她四處張望，找尋某個不在那兒的人，也許是雷姆塞太太吧。但是只有貝克維斯太太在燈下翻動她的素描簿。累了，她的心還在隨著海起起伏伏，久無人住的屋子的那種氣味包圍著她，蠟燭在她的眼睛前搖曳，她已經心神恍惚了。好美的夜，星光閃耀；他們上樓時聽到波浪的拍打聲；月亮令他們驚訝，好大一個；當他們經過樓梯窗口時，蒼白的顏色。她一下子就睡著了。

她將她乾淨的畫布固定在畫架上，作為障礙，很脆弱，但是她希望能實在得足以抵擋雷姆塞先生與他的苛求。當他的背轉動時她盡力注視她的畫；那邊那條線，那一團色彩。但是沒有辦法。儘管他在五十英尺以外，儘管他不對你說話，甚至也不看你，他還是漫佈著，他還是占上風，他還是壓在你的心頭。他改變了所有的事物。她無法看到顏色；她無法看到線條；即使她背對著她，她只能想；但是他等一會就會逼近我，要求我──要求某種她覺得她無法給他的東西。她丟掉一枝畫筆；她選擇另外一枝。那些孩子什麼時候才會來？他們所有人什麼時候才會走？她侷促不安。她的憤怒在她的心中升高，她想：那個男人永遠不給予；那個男人只知獲取。而她則被強迫給予。雷姆塞太太曾經給予。給予、給予、給予，她死了——留下所有這些。真的，雷姆塞太太使她憤怒。畫筆輕輕地在她手指間顫抖，她看著樹籬、臺階、牆壁。都是雷姆塞太太的緣故。她死了。莉莉在這兒，四十四歲，浪費她的時間，沒辦法做一件事情，站在這兒，漫不經心地畫畫，漫不經心地做她未曾漫不經心做的事情，而這都是雷姆塞太太的錯。她死了。她習慣坐的臺階空了。她死了。

但是為什麼要一遍又一遍地重複這些呢？為什麼總是試圖喚起某種她所沒有的感覺呢？在其中有某種對神明的不敬。都是乾涸的：都是枯萎的：都耗盡了。他們不該問她；她不該來的。一個人在四十四歲不能再浪費時間，她想。她痛恨漫不經心地畫畫。一枝畫筆，一個在爭鬥、毀壞、混亂的世界中可靠的東西——一個人不該戲耍它，甚至是有意地；她討厭它。但是他使她如此做。他逼近她，好像在說：妳不可碰妳的畫布，除非妳先給我我所要求於妳的東西。他已來到這兒，再度靠近她，貪婪、發狂。好吧，莉莉讓她的右手落到她身旁，絕望地想：讓它過去比較簡單些。當然她可以藉回想去模仿她在如此多女人臉上看到的容光、欣喜與屈從（例如在雷姆塞太太臉上）。在類似這樣的場合他們展現出熱情——她還能記得雷姆塞太太臉上的表情——他們展現同情的欣喜，高興他們所獲得的報酬，這種狂喜

（雖然她已記不起原因）顯然賦予了他們人性所能賦予的最崇高的福佑。他在這兒，停在她身邊。她得盡她所能給予他。

III

他發現她似乎有些萎縮。她看起有點脆弱、細小，但並不是沒有魅力。有人曾經談過她跟威廉．班克斯結婚的事，但是後來也沒有下文。他的妻子很喜歡她。他在早餐時發了點脾氣。然後——這是某種巨大的需要催促他的時刻，他並不明白這種需要是什麼，它催促他去接近任何女人，去強迫她們（他不去管用什麼方法，他的需要是如此之大）給他所需要的東西：同情。

有人照顧她嗎？他說。她想要的東西都有嗎？

「噢，謝謝，都有。」莉莉．布里斯柯不安地說。不；她無法做到。她應該立刻駕上某種同情的擴張的波浪浮開：加諸於她身上的壓力太大了。但是她還是釘在那兒。一陣可怕的停頓。他們兩人都看著海。雷姆塞先生想：為什麼我在這兒她要看著海？她希望風平浪靜讓他們登上燈塔，她說。燈塔！燈塔！那跟這個有什麼關係？他不耐煩地想。他隨即用一種原始暴風般的力量（因為他真的再也不能抑制他自己了）嘆了一口氣，這世界上任何其他的女人聽到這種嘆氣聲都一定會想點辦法，說句話的——除了我自己，莉莉這麼想。她痛苦地束緊她自己，她不是女人，而是一個乖戾、壞脾氣、乾枯的老處女，應該是如此吧。

雷姆塞先生用盡力氣嘆息一聲。他等待著。她不準備說些話嗎？難道她看不出來他想從她身上得到什麼嗎？然後他說他有個特別的原因使他想去燈塔。他的妻子從前常送東西給燈塔上的人。那兒有個可憐的小男孩，燈塔看守員的兒子，髖關節感染了結核菌。他重重地嘆口氣。他意味深長地嘆口氣。莉莉所盼望的是在她陷入之前，這巨大的悲傷洪流，這無饜渴求同情的慾望，這種她應當完全向他屈服，使他有痛苦時能盡情向她傾吐的要求能夠離開她，轉到別地方去（她繼續注視著屋子，希望有人打斷這僵局）。

「這種長途旅行是很辛苦的，」雷姆塞先生說，一面用腳趾摩擦著地面。莉莉還是沒說什麼。（她是塊木頭，她是個石頭，他對自己說）。「很累人的。」他說，他用令她作嘔的表情看著他美麗的手（她感覺他在表演，這個偉大的男人在將他自己戲劇化）。真可怕，真下賤。他們永遠不來嗎？她問。因為她無法再支撐這巨大憂愁的重量與這些沉重悲苦的簾幕（他擺出一副極端衰老的姿態；他甚至站都站不穩），再忍受一刻都不可能了。

她還是一言不發；整個地平面似乎都光禿了，沒有任何東西給他們談；她只能訝異地感覺當雷姆塞先生站在那時，他的目光似乎憂鬱地落在陽光照射的草上，使它褪了色，並且落在卡米凱爾先生紅潤，昏昏欲睡，完全自足的身體上（他正坐在一張躺椅上讀一本法國小說），如一張黑縐紗，好像這樣一種存在，在一個悲哀的世界中炫耀著它的繁盛，足以激起最為陰沉的意念。看看他，他好像在說看看我；真的，他一直都在想：想想我，想想我。啊，莉莉盼望，要是那個軀體能被吹送到他們身邊該多好，要是她將她的畫架挪一兩碼靠近他該多好；一個男人，任何男人，都會止住這種流瀉，停止這些哀嘆。一個女人，她已激起了這種恐怖；一個女人，她應該知道如何處理它。對她的性別來說，呆立在那兒是多大的恥辱呀！一個人說——一個人說什麼？——啊，雷姆塞先生！親愛的雷姆塞先生！那就是那位仁慈的老貝克維斯太太會立刻、恰當地說的話。但是不。他們站在那兒，與世界上其餘的事物隔絕。他巨大的自憐，他期盼同情的要求灑落在她的足上，而她，可悲的罪人，所做的只是將她的裙子拉近些蓋住她的足踝，免得弄濕了。她完全靜默地站在那兒，緊抓著她的畫筆。

任何的言語都不足讚美老天爺！她聽到屋裡有聲音。詹姆士跟康敏一定過來了。但是雷姆塞先生，好像他知道他的時間不多了，繼續將他專注的悲哀的龐大壓力施加在她孤單的軀體上；施加他的年齡；他的脆弱；他的淒涼；這時，突然間，當他惱怒地、不耐煩地擺動他的頭時——因為，畢竟有什麼女人能夠抵抗他呢？——他注意到他皮靴的帶子鬆了。莉莉低頭看著他的靴子，心想它們也真是不凡的靴子！雕過的；碩大的；像雷姆塞先生穿戴的其他東西一樣，從他磨損的領帶到他扣上一半鈕扣的背心，無庸置疑是他自己的。她能夠看到它們自足地步向他的房間，無需他的哀痛，陰鬱，暴躁與魅力就表現出動人的特質。

「多麼好看的靴子！」她驚呼。她為自己感到羞恥。在他要求她撫慰他的靈魂時居然讚美他的靴子；當他已向她顯示他流血的手，他受傷的心，要求她可憐它們，這時竟歡愉地說：「啊，你穿的靴子多麼好看！」她知道她這麼說該會帶來他突然暴燥咆哮所導致的完全毀滅，她抬起頭來期待著它的來臨。

雷姆塞先生卻只笑笑。他的陰鬱、他的簾幕、他的萎弱從他身下落去。啊，是的，他說。他抬起腳讓她看，它們是第一流的靴子。英格蘭只有一個人能做這種靴子。他說靴子是人類的主要咒詛之一。「靴匠的任務，」他說：「就是要殘傷與扭曲人的腳。」他們是人類中最固執與剛愎的。他青春最美好的歲月花在使靴子做成該被做成的樣子。他要讓她看看（他抬起右腳，然後左腳）她從沒看過靴子被做成這種形狀的。而且它們還是世界上最好的皮革所做的。大多數的皮革只不過是牛皮紙與紙板。他心滿意足地看著他還抬著的腳。她感覺他們已到達一個充滿陽光的島嶼，那兒寧靜駐居，明智統領，陽光永遠普照，那是一個被賜福的，有好靴子的島嶼。她的心開始對他感到興趣。「現在讓我看看你會不會繫鞋帶。」他說。他嘲弄她不牢固的繫法。他給她看他自己的發明。一旦繫好就不會再鬆掉。他繫了她的鞋子三次；又將它解開三次。

在這完全不恰當的時刻，當他俯身在她的鞋子上，為什麼她會因為對他的同情感覺如此痛苦，以至於當她也蹲下時，血液在她的臉上竄動，而且，想起她的無情（她曾經稱他作演員），她感覺她的眼睛因淚水而膨脹，刺痛，為什麼會這樣？在她看來他是如此地被無限的哀傷所籠罩。他繫鞋帶。他買靴子。雷姆塞先生無法避免他即將要作的旅行。但是現在正當她想講些話，也許能夠講些話的時候，康敏與詹姆士來了。他們出現在臺階上。他們並肩緩緩走來，嚴肅而憂鬱的一對。

但是他們為什麼要像那個樣子走來？她無法不對他們感覺惱怒；他們可以更愉快地走來；既然他們已經出來，他們可以給他她沒有機會給他的東西。因為她感覺到一陣突然的空虛；一種挫折感。她的感覺來得太晚了；雖已經準備好了，但他已經不需要了。他已經變成一位非常尊貴的長者，不再需要她。她覺得被冷落。他將背包揮到肩上。他分別包裹——有好幾件，沒綁太緊，

用牛皮紙包著。他叫康敏去拿一件披風。他表現出一位領導者的樣子，準備一場遠征。然後，轉變個方向，他以他堅定軍人般的步伐領路前進，腳上穿著不凡的靴子，手裡拿著牛皮紙包裹，一路走下去，他的孩子跟隨在後。她想他們看起來好像命運已選定他們去做某種艱困的大事，他們走向它，年紀還輕，願意服從，默認，追隨他們的父親，但是他們的眼中有種蒼白色，使她覺得他們在默默承受某種超越他們年紀所能承受的事情。他們就這樣通過草地的邊緣，而在莉莉看來，她所看到的是一排行列在前進，雖然有些搖擺，疲弱，

但它在某種共同的感覺的壓迫下被拉向前，使它成為一個被凝結在一起的小團體，而且，很奇怪地，使她覺得感動。遠遠地，當他們繼續前進時，雷姆塞先生有禮貌地舉起他的手向她致意。

但是她想：那是何等的一張臉！她立即發現她所未被要求給予的同情在困擾著她、要求表現。怎麼會變成那個樣子？一夜復一夜她思考廚房餐桌的實質問題，她想起那在她迷惘中給予她關於雷姆塞先生想到安德魯的象徵（她想起他被砲彈碎片擊中後立即死了。）廚房餐桌是某種幻想的、樸實的東西；某種光禿、堅硬，沒有裝飾的東西。它沒有色彩；它只有邊與角；它不可妥協地平淡。但是雷姆塞先生眼睛一直注視著它，從不讓他自己分神或被欺騙，直到他的臉變得也疲倦，如苦行者，並且帶有令她如此感動的未裝飾之美。然後，她回想（站在他離開她的地方，手裡握著畫筆），憂慮已侵蝕它——不怎麼高貴地。她想，關於那張桌子他一定曾有他的疑惑；那張桌子是不是真的桌子；它是否值得他花在它上面的時間；他到底是否能發現它。她覺得他曾經有過疑惑，否則他就不會這樣常問人。她猜想那是他們有時深夜時所討論的問題；然後第二天雷姆塞太太看起來很疲累，而莉莉因為某些荒謬的小事對他發怒。但是他現在已經沒有人跟他討論那張桌子，或是他的靴子，或是他的結繩；於是他就像一隻獅子，找尋他吞食的對象，他的臉上有那種絕望、誇張的神情，使她感覺害怕，使她將裙子拉緊。然後她想起還有那突然的甦醒，那突然的閃光（當她讚美他的靴子時），那突然活力的恢復，對普通人的事物興趣的恢復，這些也在流過，並且轉變（因為他總是在轉變，而什麼也不掩蓋）成那另一種終極的階段，這種階段對她而言是新的，而且（她承認）使她羞愧於自己易怒的脾氣；同時似乎他已擺脫憂慮、野心與同情的希望，而企求讚美的慾望已進入另一個區域，被往前拉（好像是被好奇心），進入一場無聲的談話（不論是與他自己或別人），在遠處那小小行列的前端進行。一張特殊的臉！大門砰的一聲。

IV

於是他們走了，她想。她嘆口氣，覺得安慰也覺得失望。她的同情似乎向她飛回來，像彈回的荊棘。她很奇異地被分割，好像她身體的一部分被拉向那兒——寂靜，有霧的一天；燈塔在這早晨看來好像無限遙遠；而另一部分則頑強地固守在這草地上。她看到她的畫布好像浮起來，潔白而不妥協地鋪陳在她面前。它似乎在用它冷冷的眼光斥責所有的忙亂；這愚蠢與情緒的浪費；它激烈地喚回她，在她的心中先鋪上平和，她紛亂的感覺（他已經走了，她為他感到如此悲哀，而她什麼也沒說）遠離；然後是空虛。她茫然地看著潔白不妥協瞪著她的畫布；然後視線從畫布轉向花園。有某樣東西（她站著，瞇起她小小皺皺臉上像中國人的小眼睛），她記得在那些交叉，下切的線的關係中，在那團樹籬綠色、藍色、棕色的凹洞中，有某種東西停留在她的心中；它在她的心中打了結，因此在零星的時間，當她走在布朗頓路上，當她拂拭她的頭髮時，她發現她自己在不由自主地畫那張畫，眼光掃過它，解開想像的結。但是自在地遠離畫布作計畫與真正拿起她的畫筆畫下第一筆之間有很大的不同。

雷姆塞先生在場時，她因為心情紛亂拿錯了畫筆，而她的畫架因為被猛力地往下推，角度不對。她將它調整好，在如此做時她壓抑下不相干的事物（不相干的事物奪去她的注意力，使她記起她是如何這般那般的人，跟別人有這樣那樣的關係），然後她抬起手，舉起畫筆。它在空中停了一會，在痛苦但刺激的狂喜中顫抖著。要在那兒開始？——那是問題所在：要在哪一點畫第一筆？落在畫布上的一條線會使她開始無數的冒險，作繁多無法改變的決定。在觀念中容易的事在實行時立刻變得複雜；就像波浪在峭壁上形狀井然有致，但對游在其中的人來說就被險灣與起泡沫的浪頭所分割。但還是必須冒險；她畫下一筆。

隨著一陣奇特身體的感覺，好像她被催促向前，但同時又必須站穩後退，她畫下她匆促決定性的第一筆。畫筆落下。它在白色的畫布上閃過；留下一道棕色流動的記號。她做第二次，第三次。如此這般地停頓、閃動，她達成一種如跳舞般有韻律的運動，好像停頓與筆觸都是韻律的一部分，而且互相關聯；如此輕快，迅速地停頓，畫下，她將畫布鋪滿棕色的、流動的、有力的線條，它們一旦沾上畫布就圈起一片空間（她感覺它在向她逼近）。在一道波浪的凹陷下，她看到另一道波浪在她上面愈升愈高。因為還有什麼會比那空間更令人畏懼呢？退回去注視著它，她心想她又來到這兒，離開閒語，離開生活，離開與人共居的社會，來到這令她畏懼的古老敵人面前——這另外一件事物，這真理，這實存，它突然抓住她，在形貌的背後坦然出現，要求她的注意。她一半不願意，一半不情願。為什麼總是要被拉出，拉開？為什麼不留在寧靜中，與草地上的卡米凱爾先生談話？無論如何，它是一種費力的溝通形式。其他值得崇敬的事物滿足於崇敬；男人、女人、上帝，他們都讓人俯身跪拜；但是這種形式，就算它只有一個白色燈罩的形體，隱現在柳條桌上，也會向人挑釁作永遠的戰鬥，而這場戰鬥是注定要輸的。沒有例外（因為她的本性，或是她的性別，她不知道是哪一樣），在她以專注於繪畫交換生命的流動之前，她都有一陣時刻的裸露，這時候她像是一個尚未出生的靈魂，一個喪失軀體的靈魂，躊躇在多風的尖頂，暴露在所有疑惑的吹襲下，沒有任何保護。那麼她為何要這麼做呢？她看著被畫上流動線條的畫布。它將會被懸掛在僕人的臥室裡，它將會被捲起來，塞在沙發下。那麼如此做有什麼好呢？而且她聽到一個聲音說她不能畫，說她不能創造，好像她身陷在那慣常的水流中，經過一段時間在心中形成經驗，使得人去重複那些話，而已經不再知道當初是誰所說的。

不能畫，不能寫，她單獨地低聲說著，急切地想著她開始的計畫是什麼。因為那一團色彩逼壓著她；它突出來；她感覺它壓迫著她的眼球。然後，好像某種潤滑她天賦所必須的汁液自然地噴出來，她開始隨意在藍色與赭色間染色，到處移動她的畫筆，但是現在它更重，更慢了，好像它遇見了某個她所看到的東西傳授給她的韻律（她繼續看著樹籬，看著畫布），因此當她的手因生命而顫抖時，這韻律強得足以支撐她在它的流動上前進。當然她正在失去對外在事物的意識。而當她不再意識到外在事物、她的名字、她的人格、她的外貌，以及卡米凱爾先生是否在那兒時，她的心繼續從它的深處丟棄景象、名字、話語、記憶以及思想，像噴泉在那閃耀的，可怕的、令人焦慮的白色空間上噴水，她一面用綠色與藍色塑造它。

她想了起來。查爾士·譚斯理從前常這麼說，女人不能畫，不能寫。當她在這同樣的地方畫畫時，她所憎恨的他從後面走來，靠近她站著。「差勁的菸草，」他說：「一盎斯五便士。」展示他的貧窮、他的原則。但是這戰爭拔出了她女性的刺。人們想：可憐的人、可憐的男人與女人，捲進這種混亂中。他手臂下總是夾著一本書——一本紫色的書。他「工作」。她記得他坐在艷陽下工作。晚餐時他會坐在飯桌中央。然後她回想還有那海灘上的一景。一個人一定會記得那一景。他們都到海灘去。雷姆塞太太在一塊岩石邊坐著寫信。她寫著，寫著，「噢，」她最後抬起頭看海上浮著的一個東西，說：「那是捕龍蝦的簍子嗎？還是翻掉的船？」她近視得厲害，看不清楚，然後查爾士·譚斯理變得無比地好。他開始打水漂。他們選細小扁平的黑石頭，丟擲到水面上，使它們在水波上跳躍。雷姆塞太太不時抬起頭，從眼鏡上望過去，朝他們笑。她記不得他們說了什麼話，只記得她跟查爾士丟石頭，突然間他們相處得很好，雷姆塞太太看著他們。她很清楚地意識到那件事。雷姆塞太太，她想，她退後，瞇起她的眼睛。（它一定將她與詹姆士坐在臺階上的圖樣改變了很多。以前一定有一團陰影。）雷姆塞太太。當她想到她自己與查爾士打水漂與海灘上整個景象時，它似乎有幾分要依賴雷姆塞太太坐在岩石上，膝蓋上放著寫字本寫信。（她寫了很多很多信，有時風將信吹走，她跟查爾士只從海水中搶救回一張。）但是，她想，人的靈魂中有多麼大的力量呀！那個女人坐在那兒，在岩石下寫信，她將一切事物化為純樸；使得這些憤怒、不快如破布般落下；她聚合這個、那個，然後這個；從那可悲的愚蠢與怨恨中（她跟查爾士口角，爭辯，愚蠢又怨恨）製造出某種事物——例如這海灘上的一景，這一刻間的友誼與喜愛——它經過這麼多年完整地存活下來，因此她浸入它去重新創造她對他的記憶，它停留在心中，如同一件藝術品。

「如同一件藝術品。」她重複說。她將視線從畫布移到客廳的臺階，然後又移回來。她必須休息一會。休息時，她茫然地看看這個、那個。那永遠橫亘在靈魂的天空上的古老問題，那巨大、廣泛的問題（它在這種時候，當她釋放緊壓著的天賦時，易於敘述它自己）站在她上面，停在她上面，籠罩在她上面。生命的意義是什麼？那就是全部——一個簡單的問題；一個容易隨著歲月迫近人的問題。偉大的啟示從沒有來到。倒是有每日小小的奇蹟、闡釋，黑暗中火柴突然地劃亮；這兒就有一個。這個、那個與另一個；她自己，查爾士．譚斯理與濺開的水波；雷姆塞太太將他們聚合在一起；雷姆塞太太說「生命在這兒靜止佇立」；雷姆塞太太使這一刻成為永恆（就像在另一領域莉莉她自己試圖使這一刻成為永恆）——這具有啟示的本質。在混亂中存有形體；這永恆的流動（她注視飄動的雲與搖動的樹葉）被鑄成穩定。生命在這兒靜止佇立，雷姆塞太太說。「雷姆塞太太！雷姆塞太太！」她重複說。她將啟示歸功於她。

萬籟俱寂。屋子中似乎還沒有人走動。她看著還在晨光中憩息的屋子，它的窗子因樹葉的反射映出藍綠色。她心中關於雷姆塞太太模糊的思緒似乎與這無聲的屋子、這煙霧與這美好的清晨空氣相和諧。它模糊而不真實。同時又令人訝異地純潔而又令人興奮。她希望沒有人打開窗子或走出屋來，她希望能一個人留在這兒繼續思考，繼續畫畫。她轉向她的畫布。但是因為被一種好奇心所驅使，因為她未付出的同情使她不安，她走了一兩步到草地邊看看能不能看見海灘，看那一小隊人馬起航。她看到那邊浮起的小船有些帆還收著，有些緩緩駛開（因為風平浪靜），有一艘跟其他船離得較遠。它的帆正在升起。她確定在那遙遠而又完全無聲的小船中雷姆塞先生與康敏、詹姆士坐在一起。現在他們已把帆完全升起來；帆本來有點無力，但一會兒就脹滿了，被覆蓋在完全的沉寂中。她看著船從容不迫地經過其他的船，駛出海去。

V

帆在他們的頭頂上飄動。海水像在低聲輕笑，拍打著船邊，船在太陽下沒有動靜，像在昏睡。有時候帆因為微風吹過而擺動，但是擺動一下就停了。船還是一動也不動。雷姆塞先生坐在船的中央。他一會兒就會不耐煩的，詹姆士想，康敏也這麼想，他們看著他們的父親，他坐在船中央，在他們之間（詹姆士掌舵；康敏一個人坐在船頭），他的兩腿緊緊盤繞著。他討厭逗留不前。果然，他推動一下身子之後，對麥卡里斯特的兒子說了一兩句尖銳的話，他趕緊拿出槳開始划。但是他們知道他們父親在船還沒走得快之前是不會滿意的。他會一直看看有沒有風，坐立不安，低聲咕噥，他說的話會傳到麥卡里斯特父子耳中，使他們很不安。他強使他們來。他逼迫他們來。他們很生氣，他們希望風永遠不要吹，盡一切可能讓他受挫，因為他們不願來，是他逼迫他們來。

一路走到海灘時，他們兩個一言不發走在後頭。他叫他們走快點，他們也不理會。他們頭低著，因為狂風在吹。他們不能跟他說話。他們必須來；他們必須跟隨他。他們必須走在他後面，拿著牛皮紙包。但是他們一面走一面在心中發誓要合力做到他們的約定——抵抗暴政至死。所以他們會坐在那兒，一個人在一頭，一句話也不說。他們只會不時看看坐在那兒的他——皺著眉頭、侷促不安、雙腿彎曲、嘆息、自言自語、不厭煩地等著風吹。他們希望風平浪靜。他們希望他遭受挫折。他們希望這趟遠征失敗，使他們必須帶著包裹回到海灘。

但是現在當麥卡里斯特的兒子划出去一些之後，帆慢慢地開使擺動，船頭開始下降，船的速度加快，疾駛而去。好像某種巨大的壓力已經解除似的，雷姆塞先生立刻伸直他的腿，拿出菸草袋，咕噥著遞給麥卡里斯特，他們知道他完全滿意了，而這滿意是用他們的痛苦換來的。現在他們會像這樣航行好幾個小時，雷姆塞先生會問老麥卡里斯特一個問題——或許是關於去年的大風暴——而

老麥卡里斯特會回答，他們會一起噴菸斗，麥卡里斯特會將一根塗有焦油的繩子夾在手指中，打結或是解開結，而那男孩會打魚，不會跟任何人說一句話。詹姆士會被迫一直釘著帆看。因為如果他忘記，帆起皺，抖動，使船減慢速度的話，雷姆塞先生會斥責說：「注意！注意！」而老麥卡里斯特會在他的位子緩慢移動身子。於是他們聽到雷姆塞先生問聖誕節大風暴的事。「她朝這個方向左右撲過來。」老麥卡里斯特說。他描述去年聖誕節的大風暴，說當時有十艘船被迫進入海灣避難。他說他看見「那兒一艘，那兒一艘，那兒一艘」（他緩慢地用手指向海灣各處。雷姆塞先生轉著頭朝他指的方向看。）他看到有三個人緊緊抓住船桅。然後她走了。

「最後我們把船推出去，他繼續說（但是在他們的憤怒與沉默中他們只聽到一兩句零星

的話，他們坐在船的兩頭，同心協力要抵抗暴政至死）。最後他們把船推出去，他們發動救生船，把船開到超過那個地方——麥卡里斯特敘述這個故事；而雖然他們只聽到一兩句零星的話，他們卻一直注意到他們的父親——他如何地往前傾，如何地使他的聲音與麥卡里斯特的聲音一致；如何地噴著他的菸斗，看著麥卡里斯特一一指的方向，陶醉在他敘述的風暴，黑夜與掙扎的漁人中。他喜歡男人夜裡在多風的海邊勞苦、流汗，用肌肉與頭顱抵抗波濤、狂風；他喜歡男人像那樣工作，而女人料理家事，在屋裡坐著睡著的小孩旁邊，而男人在外頭的風暴中淹死。詹姆士看得出來，康敏也看得出來（他們看他，他們互相看對方），當他詢問麥卡里斯特在風暴中進入海灣避難的十一條船時，他的晃動，他的聚精會神，他的語氣，以及他聲音中的蘇格蘭腔調，使他看起來像個農夫。三艘沉沒了。

他驕傲地朝麥卡里斯特指的方向看過去；不知道為什麼，康敏也為他感到驕傲。她想要是他在那兒，他也會發動救生船，他也會駛向遇難的船。他是如此勇敢，他是如此地敢冒險，康敏想。但是她想起來。他們有協定；要抵抗暴政至死。他們的痛苦使他們頹喪。他們被壓迫；他們被指使。他再一次用他的陰鬱與威權壓制他們，要他們依他之命在這美好的早晨帶著這些包裹到燈塔去，要他們參與那些他為紀念死去的人，為他自己的高興而進行的儀式，所以他們在他後面慢慢走，而這一天所有的快樂都被糟蹋了。

是的，微風令人氣爽。船傾斜著，水被猛烈地切開，往後退去，形成綠色的水池、泡沫、洪流。康敏低頭看泡沫，看蘊涵著它所有寶藏的海，它的速度使她恍惚起來，使她與詹姆士之間的連繫鬆散了些。它鬆弛了些。她開始想，它走得有多快？我們要去哪裡？船的運動催眠著她，而詹姆士這時眼睛釘著帆與地平線，不屈地駕著船。但是在他駕船時他開始想他也許能逃開；他也許能離開這一切。他們也許會在某個地方登陸；然後就自由了。他們兩個互相看了一眼，不約而同地有種逃避與狂喜的感覺，一方面是因為船的速度，一方面是因為周遭的變化。但是這微風也同樣地引起雷姆塞先生的興奮，而當老麥卡里斯特轉身將他的繩索丟到船外時，他大聲喊：「我們各自孤單地滅絕！」然後是一陣他慣有的痙攣，似後悔又似害羞，他坐直身子，揮手指向海岸。⑬

「看那個小屋子。」他用手指著說，要康敏看。她勉強地撐起身子看。但是是哪一個？她分辨不出那邊山坡上哪一個是他們的屋子。所有看起來都遙遠、平靜而奇特稍解。海岸看起來被美化了，遙遠而又不真實。他們航行的一點點距離已經使他們遠離它，使它的外貌改觀，使它看起來平靜祥和，好像它正在退卻，他們已與它沒有關連。哪一個是他們的屋子？她看不到。

---

⑬「我們各自孤單地滅絕！」引自William Cowper的詩"The Castaway"。雷姆塞先生繼續背誦的詩句均出於同一首詩。

「但是我在更洶湧的海灣下。」雷姆塞先生喃喃低語。他已經發現他的屋子，如此看著它使他也看到他自己在那兒；他看到自己孤單地走在臺階上。他在兩個甕間走上走下；在他自己看來他很老，躬著身子。坐在船中，他也躬著身，彎著腰，立即演出他的角色——一個孤獨、被遺棄的鰥夫的角色；在他面前的一群人會被喚醒而因此同情他；坐在船中時為他自己演一齣小劇；它要求他要表現出衰老、疲累與哀愁（他舉起他的雙手注意它們的瘦細，肯定他的夢）然後女人給他很多的同情，然後他想像她們會如何地撫慰他、同情他。如此地在他的夢中回想到女人的同情所帶給他的愉悅，他嘆口氣，輕柔而哀傷地說：

但是我在更洶湧的海濤下
淹沒在比他更深的深淵中，

他們很清楚地聽到這兩句哀傷的話。康敏在座位上驚動了一下。它使她震驚——它觸犯了她。她的動作驚醒她的父親；他顫抖了一下，然後大叫：「看！看！」他的聲音如此急迫，使詹姆士也回頭看那個島。他們都在看。看那個島。

但是康敏什麼也看不見。她在想那些佈滿他們生活的路徑與草地如何地消失：被抹去；過去了；是不真實的，而現在這才是真實的；船，船的帆與縫補的布片；麥卡里斯特跟他的耳環；波濤的聲音——所有這些才是真實的。想到這裡，她對自己喃喃地說：「我們各自孤單地滅絕」，因為他父親的話語不斷地闖入她的心中。她的父親看到她如此茫然地凝視，開始嘲弄她。她不知道指南針的方向嗎？他問。她不能分辨南與北嗎？她真的以為他們住在那兒嗎？他又用手一指，讓她看他們的屋子在那兒，在那些樹旁邊。他希望她能試著更明確些，他說：「告訴我——哪邊是東，哪邊是西？」一半嘲笑她，一半指責她，因為他不能了解不是完全白癡的人怎麼會不知道指南針的方向。但是她真的不知道。看到她茫然地、有點懼怕地凝視著，眼睛釘著並沒有房屋的地方看，雷姆塞先生忘記了他的夢；忘記了他如何在臺階上兩個甕間走上走下；忘記了手臂如何伸向他。他想：女人總是像那樣；他們心靈的模糊是無可救藥的；那是一件他永遠無法了解的事情；但它就是如此。他的妻子就是如此。她們無法將任何事清晰地固定在他們心中。但是他對她生氣是不對的；而且，他不也滿喜歡女人的這種模糊嗎？那是她們獨特魅力的一部分。我要讓她對我微笑，他想。她看起來很懼怕。她這麼沉默。他緊握他的手指，決定要使他的聲音，他的臉以及他所能駕馭使人們這麼多年可憐他、讚美他的那些迅速而富有表情的姿態壓抑住。他要讓她對他微笑。他要找一些簡單容易的事情對她說。但是要說什麼？因為他被裹在他的工作中，他忘了一個該說的話。有一隻小狗。他們有一隻小狗。今天誰在照顧小狗？他問。是的，詹姆士看著他姐姐的頭背對著帆，無情地想；現在她要屈服了。我要被留下來孤單地與暴君抗爭了。那協定要留給他去執行了。他看到她的臉哀傷、陰沉、屈服，他冷酷地想；康敏絕不會抵抗暴政至死的。就像當一朵烏雲蓋在一片綠色的山坡上，重力下降，在所有環繞的山中都是黑暗與哀愁，而似乎山必須冥想（不論是同情，或惡意地陶醉在它的幻滅中）被雲遮住的、被黑暗掩蓋之萬物的命運時，某件事情發生了；當康敏坐在那兒，在沉靜、堅定的人當中，不知該如何回答她父親關於小狗的問題時，她也同樣地覺得被烏雲覆蓋；如何抵抗他的請求——寬恕我，照顧我；當立法者詹姆士膝蓋上攤開著永恆智慧的簿子（他放在舵柄上的手在她看來已具有象徵性），說：抵抗他。與他作戰。他說得如此正確；如此公正。因為他們一定要抵抗暴政至死，她想。在所有人類的特質中她最崇敬正義。她的弟弟最像神，她的父親最哀憐。而她要向誰屈服，她想，她坐在他們中間，凝視海岸，她不知道海岸的方向，她想著草地、臺階與屋子如何地被抹平，寧靜如何地駐在那兒。

「傑斯白。」她鬱鬱地說。他會照顧小狗。

她要如何叫牠？她的父親追問。他小時候有一隻狗，叫做菲斯。詹姆士看到一種表情落到她臉上，一種他記得的表情。他想：她會屈服的。他想；他們往下看，看他們織的東西或別的東西。然後他們突然抬起頭看。他記得有一陣藍色的閃光，然後某個跟他坐在一起的人笑起來，投降了，他很生氣。他想那一定是他的母親，坐在一張矮椅子上，他的父親站在她跟前。他開始在無限一串串的印象中搜尋，時間將這些印象不停地注入他的腦海，輕輕柔柔地，一片葉子接著一片葉子，一疊又一疊；還有景象、聲響；刺耳、空洞、甜美的聲音；消逝的光，輕敲的掃帚；以及海水的衝擊與緩和，他在這些之中找尋一個人如何地前進、後退，停駐在它們之上。同時他注意到康敏在用手指玩水，並且注視著海岸，不說一句話。不，他想，她不會屈服；她是不同的，他想。好吧，雷姆塞先生決定說如果康敏不願回答他，他不去煩她。他在口袋中找本書。但是她願意回答他；她熱切地希望能夠移走她舌頭上的阻礙，說：噢，是的，菲斯。我會叫牠菲斯。她甚至想說：就是單獨在曠野找到路的那隻狗嗎？但是她儘管想試，卻想不出那樣的話說，她要忠於協定，但是詹姆士沒察覺到的是她傳達給她的父親一個私人的信號，表示她對他感覺到的愛。她手指玩著水（現在麥卡里斯特的兒子捉到一隻青花魚，它躺在船板上掙扎著，鰓邊流著血），看著詹姆士（他面無表情地注意著帆，有時看一下地平線），她想：你沒有受到它的影響，這種感覺的壓迫與分割，這種特殊的誘惑。她的父親在他的口袋摸索；一秒鐘後他就會找到他的書。因為再沒有人能更吸引她；在她看來他的手、他的腳、他的聲音、他的話語、他的匆促、他的脾氣、他的古怪、他的熱情，他在每個人面前說「我們各自孤單地滅絕」，以及他的冷漠，所有這些都好美。（他已經打開他的書。）但是，她想，他還是令人不能忍受的（她坐直身子，看著麥卡里斯特的兒子將鉤子從另一條魚的鰓中拔出來）他的那種愚蠢的盲目與暴政，它毒害了她的童年，吹起狂烈的風暴，使得她即使現在仍會在夜晚中驚醒，因憤怒而顫抖，想到他的要求，他的無禮：「做這個」、「做那個」，他的統治：他的「服從我」。所以她沒說什麼，只是頑強地，哀傷地看著海岸，裹在它平靜的覆罩中；似乎那兒的人都睡去了，她想；像煙霧般自由，像鬼魂般自由來去。他們在那兒沒有痛苦，她想。

VI

是的，那是他們的船，莉莉．布斯里柯站在草地邊緣上判斷說。那就是那艘有灰棕色帆的船，她現在看到它平俯在水面上，疾駛過海灣。他坐在那兒，她想，而孩子們還是靜默。而她也不能企及他。她無法給予他同情使她心情沉重。這使她很難作畫。

她總是覺得他不能令人忍受。她記得她從來都不能在他的面前稱讚他。那使得他們的關係降低到中性，她沒有那種性的吸引力；明黛就有，使得他對她的態度如此殷勤，近乎放肆。他會為她摘朵花，借給她書。但是他會相信明黛會讀他的書嗎？她拿著它們在園中走，放進樹葉標示她讀到的地方。

「卡米凱爾先生，你記得嗎？」她看著這個老人，想要問他。但是他把帽子蓋住一半額頭；他睡著了，或者是在作夢，或者是躺在那兒捕捉話語，她想。

「你記得嗎？」她走過他時想要問他，又想起海灘上的雷姆塞太太；桶子上下浮動；畫頁飛舞。為什麼經過這麼多年那個景象還能留存下來，被環繞點亮，連細節都清晰可見，而在它之前與之後的數十里卻一片空白？

「那是一艘船嗎？那是一塊軟木嗎？」莉莉重複說著，然後她又不情願地回到她的畫布。她再度拿起她的畫筆，心想：感謝老天，空間的問題仍然存在。它瞪著她看。整幅畫都以此為重心。表面上看它應該美麗而明快，如羽毛般輕盈而易消散，一種顏色溶化在另一種顏色之中，如蝴蝶翅膀上的顏色；但是背後的結構卻必須像是用鐵條鉗住般堅固。它必須是一件你吹口氣就會皺褶的東西；但也是一件你用一個馬隊都無法移動的東西。她開始塗上紅色、灰色，她開始塑造那一塊空間。同時她覺得自己似乎在海灘是上，坐在雷姆塞太太旁邊。

「那是一艘船嗎？那是一個桶子嗎？」雷姆塞太太說。然後她開始找她的眼鏡。找到之後她坐下，沉默著，看著海。而當莉莉定神畫時，她感覺似乎一扇門打開了，有人走進來，在一個高高教堂般的地方靜靜站著，四處凝視，那地方很黑，很莊嚴。喊叫聲從一個遙遠的世界傳來。汽船在地平線上的一束煙霧中消失。查爾士在打水漂。

雷姆塞太太靜靜坐著。莉莉猜想她很高興靜靜坐著，不與人溝通；在人際關係極度的隱晦處休憩。誰知道我們是什麼，我們有什麼感覺。在這隱祕的一刻誰又知道：這是知識？雷姆塞太太可能問：事物說出來（這沉默似乎經常在她身邊）不就被糟蹋了嗎？我們如此不是表達更多嗎？至少這一刻看起來無比豐富。她在沙上挖一個小洞，然後又將它蓋起來，將這一刻的完美埋入其中。它像是一粒銀浸入水中，照亮過去的黑暗。

莉莉往後退，審視她的畫布。繪畫的路是一條奇異的路。一個人不斷走出去，愈走愈遠，直到最後他似乎身處在海上一塊狹窄的木板上，完全的孤單。而當她將筆浸入藍色的顏料，她也浸入過去。現在雷姆塞太太站起來，她想起來。是回屋子的時候了——該是吃午餐的時候了。他們一起從海灘走上去，她跟威廉．班克斯走在後面，明黛在他們前面，她的襪子有個洞。那粉紅色足跟上的小圓洞是何等地在他們面前炫耀！威廉．班克斯又是何等地為它感到悲哀！雖然就她記憶所及他並沒有說什麼。對他而言這表示女性氣質的滅絕，以及骯髒、無秩序，僕人離開，床鋪到了中午尚未整理——所有這些事情是他最憎惡的。他會顫抖，將他的手指張開，好像要遮住一個難看的東西，他現在就在這麼做——手遮在他面前。明黛在前面繼續走，保羅想必在花園中與她見面，她跟他離開。

瑞利夫婦，莉莉．布里斯柯想。她擠壓綠色的顏料管。她聚合她對瑞利夫婦的印象。他們的生活以一系列的景象在她面前出現；一景是黎明時在樓梯上。保羅已走進來早早睡了；明黛很晚還沒睡。明黛在那兒，戴著花環，頭髮染了色，俗麗地站在樓梯上，大約凌晨三點鐘。保羅穿著睡衣走出來，手裡拿著撥火鐵棒，以防竊賊。明黛在灰白的晨光中站在窗前吃三明治，地毯上有個洞；但是他們說了什麼？莉莉問她自己，好像她只要看就能聽到他們說的話；是怒罵的話。他說話時明黛繼續吃她的三明治，一副令人討厭的樣子。他說的是憤慨、嫉妒，指責她的話，他的聲音很低，不會吵醒小孩，兩個小男孩。他面色憔悴、皺縮；她卻是豔麗，不在乎。因為差不多一年之後他們的生活開始鬆散：這婚姻情況並不好。

莉莉將她的畫筆沾上綠色。她想；這樣想像他們生活的景象就是我們所說的「了解」別人，「想到」他們，「喜歡」他們！沒有一句話是真實的；是她想像的；但她就是藉此了解他們。他繼續鑽入她的畫中，鑽入過去。

另外一次，保羅說他「在咖啡屋裡玩西洋棋」。她也根據那句話想像精築一個整體的結構。她記得當他說那句話時，她想他是如何按鈴叫女僕來，而她說：「先生，瑞利太太出去了」，於是他決定他也不要回家。她看到他坐在一個陰暗的角落裡，煙霧在紅色的絨布椅子上瀰漫，女侍會認得你、他跟一個矮矮的男人玩西洋棋，這男人是做茶葉買賣的，住在蘇必頓，但關於他的事保羅就只知道這麼多。然後他回家時明黛還在外頭，然後有樓梯上的那一景，他拿著撥火鐵棒以防竊賊（當然也是要嚇唬她），如此痛恨地說話，說她毀了他的生活。不管怎樣，當她去瑞克察渥斯附近他們住的小屋看他們時，他們的關係已經很惡劣了。保羅領她到花園看他養的比利時兔子，明黛跟著他們，哼著歌，赤裸的臂搭在他肩上，免得他告訴她什麼。

莉莉想明黛厭惡兔子。但是明黛從不表露她自己。她不會說那種在咖啡屋裡玩西洋棋的事。她有自覺得多，小心得多。

但是再談他們的故事——他們現在已經經歷了危險的階段。她去年夏天跟他們待過一段時間，有次車子壞了，明黛必須遞工具給他。他坐在路上修車，而給她他工具的那種樣子——公事化地、直截了當地、友善地——證明現在已經沒事了。他們已不再「相愛」了；不，他已經跟另外一個女人交往，一個嚴肅的女人，她紮著髮辮，手裡拿著袋子（明黛感激地，近乎讚美地描述她），她去參加宴會，對於地價稅與資本稅跟保羅有同樣的看法（他們的看法愈來確切）。這關係並沒有使他們的婚姻破裂，反而有幫助。他們顯然是很好的朋友，他坐在路上，她遞給他工具。

那就是瑞利夫婦的故事，莉莉微笑。她想像自己對雷姆塞太太說這件事，她一定會很好奇瑞利他們怎麼樣了。她會有一絲勝利感，告訴雷姆塞太太這婚姻並不成功。

但是死去的人，莉莉想。她的畫遭遇到某種阻礙，使她停下來思考，她退後一兩步，啊！死去的人！她低聲自語，人們同情他們，漠視他們，甚至有點鄙視他們。他們任憑我們操縱。雷姆塞太太消逝了，走了，她想。我們可以不顧她的願望，改掉她狹隘、老舊的想法。她離我們愈來愈遠。嘲諷地，她似乎看到她站在歲月之路的那一端，說那一大堆不一致的話，「結婚！結婚！」（清早時，身子坐得好直，鳥兒開始在外頭花園吱喳）。人們必須對她說：一切事已發展得違反你的願望了。他們那樣是快樂；我這樣也是快樂。生命完全改變了。想到這兒，她整個人，甚至她的美貌，都變得一剎那間汙濁而老舊了。這一會兒莉莉站在那兒，熾熱的陽光照射著她的背，綜述瑞利夫婦的事，她贏了雷姆塞太太，她永遠不會知道保羅到咖啡屋去，還有一個情婦；她不會他如何坐在地上，明黛如何遞給他工具；她也不會知道她站在這兒畫畫，沒有結婚，更沒嫁給威廉．班克斯。

雷姆塞太太曾經那麼計畫。要是她還活著，或許她能做到它。那一年夏天他已經是「最仁慈的男人」。他是「他那個時代第一個科學家，我的丈夫這麼說的」。他也是「可憐的威廉——我去看他時，見他屋裡什麼都不像樣，使我很難過——沒有人整理花」。於是他們被安排一起去散步，雷姆塞太太還說她有一顆科學的心（帶著一絲模糊的嘲諷意味，使得雷姆塞太太將她的手指從莉莉手中滑溜開）；她喜歡花，她如此精確。她為什麼這麼瘋狂地要人結婚？莉莉覺得很奇怪。她在畫架前走來走去。

（突然間，就像一顆星星劃過天際那樣突然，一道微紅色的光似乎在她心中燃起，蓋住保羅．瑞利，從他那邊發出。它升起來，像野蠻人在遙遠的海灘象徵某種節慶所升起的火光。她聽到怒吼與爆裂的聲音。整個海好幾哩都交織成紅與金色。有種像葡萄酒的氣味與它混合，使她陶醉，因為她再度感到她想不顧一切將自己抛下懸崖，淹死也好，去找尋掉在海邊上的珍珠別針。而怒吼與爆裂聲使她因恐懼與嫌惡而不快，好似當她看到它的光輝與力量時，她也看到它貪婪、令人作嘔地啃食著房屋的寶藏，她厭惡它。但是就景象與光耀而言，它超越她經驗中的任何事物，一年年燃燒著，像大海邊緣的荒島上的烽火，而一個人只要說「陷入愛河中」，那麼一剎那間，就像現在所發生的一樣，保羅的火光會再度升起。然後它落下了，她笑著對自己說：「瑞利夫婦」；保羅如何地到咖啡屋玩西洋棋。）

不過她差一點就逃過，她想。她在看桌布，她想到她可以將樹移到中間，她不必嫁給任何人，她感到非常高興。她覺得她現在可以對抗雷姆塞太太了——這是對雷姆塞太太驚人的駕馭他人能力的一種讚美。做這個，她說，然後人們就做它。即使是她與詹姆士在窗前的影子都充滿權威。她記得威廉．班克斯如何地對她忽略母子的意義感到震驚。⑭難道她不讚頌他們的美嗎？他說。但是她記得威廉用他聰慧像小孩似的眼睛看著她，聽她解釋那並不是不尊敬；那兒一團明亮，那兒需要一團陰暗，諸如此類的。她並不是想貶抑他們都一致認為拉菲爾已經神聖地處理過的主題。她並不尖酸刻薄。正好相反。因為他有個科學的心，他能夠了解她的意思——這證明他有客觀的智慧，使她很高興、很快慰。那麼一個人可以認真地跟一個男人討論繪畫了。說真的，她與他的友誼是她生命的愉悅之一。她愛威廉．班克斯。

他們到漢普頓法院去，他總是表現出完美紳士的風度，留出很多時間讓她洗手，他就在河邊散步。他們典型的關係就是如此。很多事情不必言語。然後他們在庭院中散步，一夏復一夏地讚美均衡與花朵的美，他會告訴她關於透視法與建築的事情，他會停下來看一棵樹，或是看湖上的景色，讚美一個小孩（那是他很大的悲哀——他沒有女兒），他的態度是那樣地超然，一個長時間待在實驗室中的人很自然會如此，當他走出來時世界似乎使他目眩，因此他慢慢地走，抬起他的手遮住眼睛，然後停下來，頭往後甩，只不過是要吸口空氣。然後他會告訴她，他的女管家度假去了；他得給他的樓梯買張新地毯。也許她願意跟他一起去買張樓梯用的地毯。有一次某件事使他談到雷姆塞一家人，他說他第一次見到雷姆塞太太時，她戴著一頂灰色的帽子；她才不過十九或二十歲。她美得令人驚訝。他站在那兒順著大道往漢普頓法院望去，好像他能看到她站在那兒的噴泉中。

她現在看著客廳的臺階。她透過威廉的眼睛看到一個女人的形體，寧靜而安詳，眼睛下垂。她正坐著沉思（她那天穿的是灰色的衣服，莉莉想）。她的眼睛往下垂著。她不肯抬起它們。是的，莉莉想，又專心地看，我一定看過她像那樣子看東西，但她不是穿灰色的衣服；也不是這麼沉靜，這麼年輕，這麼平和。她的樣子很容易想起。她美得令人驚訝，威廉說。但是美貌並不是一切。美貌有這一種缺點——它來得太容易，太完全。它使生命靜止——使生命冰凍。人們忘記了微小的興奮；臉紅、蒼白，某種奇怪的扭曲，某種光彩或陰影，它們使得臉孔一下子無法被認出來，但是卻增加了人們以後永遠會看到一種特質。要把所有那些抹平在美貌的掩蓋下較為容易。但是莉莉想知道當她們將獵帽扣到頭上，或是跑過

⑭ 指義大利畫家拉斐爾。此處主題指「母與子」的意義。

草地，或是責罵園丁甘迺迪時，她是什麼樣的表情？誰能夠告訴她？誰能夠幫助她？

她不由自主地回到現實，發現她自己有些不太了解情況，她有點恍惚地看著卡米凱爾先生，好像在看著不真實的東西。他躺在椅子上，雙手緊扣，放在大肚子上，他沒有閱讀，也沒睡著，而是像一個塞滿了的，實在的人在曬太陽。他的書掉落到草地上。

她想要直走到他面前說：「卡米凱爾先生！」然後他會像通常一樣和藹地抬起頭，用他朦朧如煙的眼睛看她。但是一個人只會在知道要跟別人說什麼時才會叫醒他們。而她想說的不是一件事情，而是所有事情。打斷思想，分割思想的小小話語什麼也不說。「關於生命，關於死亡；關於雷姆塞太太」──不，她想，一個人無法對任何人說些什麼。一刻間的迫切總是會錯失它的目標。話語斜向一邊滑去，插進靶子的程度太淺。然後一個人放棄了；然後想法再度沉下；然後一個人變得像大多數中年人一樣，謹慎、偷偷摸摸，雙眼間帶著皺紋，表情永遠那麼擔憂。因為一個人如何能用言語表達這些身體的情緒？表達那種空虛？（她正在看客廳的臺階；它們看起來非常空洞。）是一個人的身體在感覺，不是一個人的心。隨著光禿的臺階而來的那種身體的感覺突然變得很令人不愉快。想要而得不到的感覺使她的身體產生一種僵硬、空虛、緊張。然後想要又得不到──想要再想要──那是如何地扭曲著心，而且是一而再地扭曲著它！啊！雷姆塞太太！她無聲地喊出來，喊向坐在船邊的那個實質，那個人們將她化作的抽象物，那個穿著灰色的女人，好像要指責她走掉，走掉了又回來。想起她似乎是如此安全。鬼魂、空氣、空無，一個你可以輕易而安全地日夜玩耍的東西，她就是那個東西，然後她突然伸出手如此地扭曲心靈。突然間，空洞的客廳臺階，裡頭椅子的綴邊，平臺上滾動的木偶與花園所有的波動與沙沙聲都變得像曲線與阿拉伯圖案繞著一個完全空無的中心揮舞。

「那是什麼意義？你如何解釋所有這些事？」再度轉向卡米凱爾先生，想要這麼說。因為在這清早整個世界似乎融解成一個思想的水塘，一個現實的深盤，一個人幾乎能夠幻想如果卡米凱爾先生說話，一小滴淚會使水塘的表面散裂。然後呢？某個東西會出現。一隻手會被推起來，一把劍會閃出。當然這只是胡思亂想。

一個奇怪的念頭來到她腦海：他根本已經聽到她所無法說出的話。他是一個深不可測的老人，他的鬍鬚邊染黃了，還有他的詩，他的謎，他安詳地在一個滿足他所有慾望的世界遨遊，因此她想，他只要將手垂到他躺著的草地上就可以釣到任何他想要的東西。她看著她的畫。那可能是他的回答——「你」、「我」與「她」經過、消失；沒有任何東西停留；所有都在變化；但言語不會，繪畫不會。但是，它會被掛在閣樓中，她想；它會被捲起來丟到沙發下；但即使如此，即使像那樣的一幅畫，也都能證明他所說的話。一個人也許會說（即使是這塗鴉之作，也許不是那真正的畫，而是它所想要企圖表現的）它會「永遠留傳」（她想要無言地這麼說或暗示，因為這些說出的話即使對她自己而言都太嫌誇大）；當她看著這幅畫時，她驚訝地發現她看不到它。她的眼睛充滿熱的液體（她起先沒想到是淚），它沒有破壞她嘴唇的堅定。它使空氣變得濃稠，流下她的面頰。她能完全控制她自己——啊，是的！在所有其他方面。那麼她是為雷姆塞太太而哭嗎？她並沒有感覺任何不快樂。她再度對老卡米凱爾先生說話。那麼那是什麼？那是什麼意思？東西會伸出手抓人嗎？劍會殺傷嗎？拳頭會握緊嗎？安全不存在嗎？無法心領神會世界之道嗎？沒有嚮導、沒有庇護，所有都是奇蹟，而且從塔頂躍入空中嗎？難道連對老年人來說生命也就是如此嗎？——令人驚愕、無法預期、未知？她這一會兒覺得如果他們兩個都站起來，就在這兒草地上，要求一個解釋，為什麼它那麼短呢？為什麼它這麼不可解，猛烈地說，像兩個理直氣壯的，任何事都不能對他們隱瞞的人說話的樣子，那麼美就會將它自己捲起；這個空間會充滿；那些空虛的揮舞會成為一個形體；如果他們喊叫得夠大聲的話，雷姆塞太太會回來。「雷姆塞太太！」她大叫：「雷姆塞太太！」淚從她的臉上流下。

VII

〔麥卡里斯特的兒子抓起一條魚，從它邊上切下一塊插在鈎上作餌。殘缺不全的魚（它還活著）被丟回海中。〕

VIII

「雷姆塞太太！」莉莉喊叫：「雷姆塞太太！」但是沒有任何事發生。她的痛苦在增加中。她想：那種痛苦能將人貶低到如此的愚鈍！無論如何，那個老人並沒有聽到她的話。他仍然仁慈而沉靜——崇高，如果一個人願意這麼想。感謝老天爺，沒有人聽到她那可恥的喊叫：停止痛苦，停止！顯然她並沒有失去她的理智。沒有人看到她離開她的畫板進入寂滅的水中。她仍然是一個矮小的老處女，在草地上拿著一支畫筆。

現在因匱缺而引起的痛苦與憤怒（正當她想到再也不要為雷姆塞太太感覺難過時，它們就被喚回。她早餐時在咖啡杯間曾想念她嗎？一點也沒有）漸漸減弱了；在留下來的痛苦中，像解毒劑般，一種如止痛膏般的安慰，但是更神祕地，一種某個人（雷姆塞太太）在那兒的感覺稍稍解除了世界所加諸於她的壓力，輕快地停留在她身邊，然後（因為這是完全表露她美貌的雷姆塞太太）將一個走路時所戴的白色花環舉到額頭。莉莉又擠壓她的顏料管。她攻擊那個樹籬的問題。真是奇怪，她好清楚地看到她以慣常輕快的腳步穿過原野間略帶紫色的、柔軟的山谷，穿過原野間的花叢，風信子或百合花，然後消失了。那是一種畫家眼睛的幻覺。聽到她死訊之後的好幾天她都看到她如此，將花環舉到額頭上，盲目地與她的同伴——一個影子——穿過原野。這景象，這話語有它撫慰的力量。不論她在哪兒畫畫，在這鄉間或在倫敦，這景象都會出現在她面前，她的眼睛半閉著，尋找某樣東西來建構她的景象。她往下看鐵路上的客車、公共汽車；從一個人的肩膀或面頰上取一個線條；看對面的窗戶；看夜晚上了燈的畢開第利街。所有都曾是死亡領域的一部分。但總是有某樣東西——也許是一張臉、一個聲音、一個賣報的小孩叫喊「標準報，新聞報」——穿過她、責罵她、叫醒她，要求她的注意，最後取得的注意，使得景象必須一直替換。現在，因為她再度被一種距離與憂鬱的本能需要所影響，她往下看海灣，將藍色的波濤看作山丘，將顏色更紫的地方看作多石的原野。像平常一樣，她再度被某種不調和的東西所驚擾。海灣中間有一個棕色的點。那是一艘船。是的，她一下子就知道那是一艘船。但是誰的船呢？雷姆塞先生的船，她回答。雷姆塞先生；那個從她身旁踏過，高舉著手，穿著漂亮的靴子，冷漠地走到行列前面，要求她給予同情而被她拒絕的那個男人。那船現在已到了海灣中間。

除了一陣陣的風之外，這個早晨是如此地美好，整個天空看起來像是一體，好像帆高揚在空中，或是雲落入海中似的。遠處海面上的一艘汽船在空中劃了一大道的煙，它停留在那兒，裝飾般地捲曲、繞圈，好像空氣是一片薄紗，將物體輕柔地捲在它的網中，溫和地吹動它們。有時候當天氣很好時，懸崖看起來像意識到船的存在，船看起來也像意識到懸崖的存在，好像它們彼此間在傳達一種它們自己祕密的訊息。燈塔有時候看起來很接近海岸，今天早晨卻看起來很遠，籠罩在薄霧中。

「他們現在在哪裡？」莉莉朝海望去，心裡在想。他在哪裡？那個沉默地走過她，手臂下夾著牛皮紙包的老人在哪裡？船在海灣中間。

IX

他們在那兒什麼都不會感覺到，康敏在想。她朝海岸看去。海岸起起伏伏的，變得愈來愈遙遠，愈來愈平靜。她的手在海水中切一條線，她的心將綠色的漩渦與水紋變成圖案。她的心麻木了，被覆蓋起來，在水底想像的世界中漫遊，那兒珍珠一團團地貼住白色的水珠，在綠光中一個人的整個心產生變化，一個人的身體在綠色的覆蓋下半透明地閃耀著。

然後繞著手打轉的漩渦緩慢下來。水的急流停止了；世界充滿小小的吱吱聲。一個人聽到波濤拍打著船邊，好像他們停泊在海港中。所有東西都變得跟人接近。因為帆（詹姆士盯著它看，直到它變得像是一個他認識的人）完全塌下來；他們停住了，搖擺著等著風吹，熾熱的太陽在上面照耀，離海岸好多哩，離燈塔也還有好多哩。整個世界中的每樣東西似乎都停住了。燈塔變得固定不動，遠方的海岸線也變得固定不動。太陽愈來愈熾熱，每個人似乎聚攏起來。感受到彼此的存在，先前他們幾乎忘記了這一點。麥卡里斯特的釣魚線直直地插在海中。但是雷姆塞先生還是繼續盤著腿讀書。

他在讀一本小小閃亮的書，它的封面斑駁得像鷸蛋。當他們懸在這可怕的死寂中時，他不時翻動一張書頁。詹姆士覺得他翻動每一頁的姿勢都像衝著他而來；有時斬釘截鐵，有時充滿權威；有時帶著要人可憐他的意圖；而在他父親閱讀並翻動那些小小的書頁時，詹姆士一直在害怕他會抬起頭來對他說些嚴苛的話。為什麼他們在這兒不動？他會這麼問，或者是說些像這樣沒道理的話。而詹姆士想如果他這麼說的話，他就要拿一把刀朝他的心臟刺去。

他一直都保留著這個古老的象徵：拿一把刀刺他父親的心臟。只是現在，當他年紀較大，而且坐著看他的父親處身在一種無助的憤怒中時，他所想刺殺的並不是那個讀著書的老人，而是那降落在他身上的東西——而他自己也許並不知道：那猛烈、突然，黑翅膀的角鷹⑮，爪子與牠的嘴冰冷而堅硬，它攻擊而又再攻擊你（他可以感覺到那鳥嘴在他赤裸的腿上，他小的時候它曾攻擊他的腿）然後飛掉了，然後他又在那兒，一個哀傷的老人，讀著他的書。他要刺的是那個，他要刺殺牠的心臟。無論他做什麼——（他看著燈塔與遠方的海岸，覺得他也許能做任何事）無論他在從事企業，在銀行中，作律師，或作某個事業的主管，他都要與它對抗，將它捕獲，毀掉——暴政、專制——要人做他們不想做的事，剝奪他們說話的權利。當他說：到燈塔去，他們任何人怎麼可能說：但是我不要。做這個。給我拿那個來。黑色的翅膀張開，堅硬的鳥嘴撕裂。然後下一刻他又坐著讀他的書了；然後——不知什麼時候——他也許又毫無道理地抬起頭來。他可能會跟麥卡里斯特父子說話。他也許會將一個金幣塞給某個街上挨凍的老婦人，詹姆士想；他也許會對著某個工作中的漁夫大叫；他也許會興奮地揮動手臂。或者他也許會坐在餐桌的一頭，整頓晚餐一言不發。是的，詹姆士想，當船在熾熱的太陽下在那兒拍擊、閒蕩時；有一大片雲與岩石，非常孤單、陰峻；而近來當他的父親說些令別人驚訝的話時，他開始覺得那兒只有兩對腳印；他自己的與他父親的。只有他們兩人互相了解。那麼這恐懼與恨意是什麼呢？轉回到過去在他心中所堆疊的樹葉中，朝森林的中心看過去（在那兒光與影如此地相互交錯，使得所有形體都扭曲了，一個人在裡頭跌跌撞撞，一會兒陽光照入眼睛，一會兒看到黑暗的陰影），他尋找一個影像為之冷卻、分散並且美化他的感覺，使它成為一個具體的形狀。那麼假設當一個小孩無助地坐在搖籃車中或某個人的膝蓋上時，他看到一輛馬車不知情地壓過一個人的腳。假設他先看到那隻腳在草中，平滑、完整；然後看到輪子；然後看到同樣的那隻腳，紫色的，被壓過去的。但是輪子並不知情。所以現在，當他的父親一大早踏過通道敲門叫他們起來到燈塔時，輪子壓過他的腳，壓過康敏的腳，壓過每個人的腳。一個人坐著看書。

但是他在想誰的腳？這又是在哪個花園發生的？因為這些景象有它們的背景；長在那兒

⑮ 希臘神話中，鳥身女面的怪物。

的樹；花；某種光；一些身影。每件東西都想將它自己設定在一個花園中，那兒沒有這種陰暗與這種手臂的揮舞；人們以普通的聲調說話。他們一整天進進出出。有一個老婦人在廚房中閒聊；百葉窗被微風吸進吸出；所有東西都在吹動、生長；而在晚上時，在那些盤碗上，在那些高高的，舞動的紅黃色花上，一張非常薄的黃色面紗會像一張籐葉般被拉開。物體在晚上變得更寂靜，更黑暗。但是樹葉般的面紗是如此地薄，光線能夠抬起它，聲音能夠縐縮它；他能看透它，看到一個身形彎腰、傾聽、走近、走開，衣服發出瑟瑟聲，鏈子玎瑠作響。

就是在這個世界中輪子壓過人的腳。他想起有某樣東西停留，籠罩在他上面；不肯移動；某樣東西在空中揮舞，某樣乾枯、尖銳的東西降落在那兒，像一把劍，一把彎刀，在那快樂世界的花葉叢掃過，使它們蜷縮，落下。

「會下雨，」他記得他父親說。「你們沒辦法去燈塔。」

燈塔那時候是一座銀白色的、朦朧的塔，它黃色的眼睛在夜晚突然地，柔和地張開。現在——

詹姆士朝燈塔看去。他能夠看到被海水拍打的白色岩石；看到僵硬的、直立的塔；他能夠看到它上面黑色與白色的條紋；他能夠看到它裡面的窗戶；他甚至能夠看到拍打到岩石上的水變乾。所以那就是燈塔，是嗎？

不，另外一個也是燈塔。因為沒有一樣東西只是一樣東西。另外一個也是燈塔。有時候幾乎無法在海灣另一端看到它。晚上時一個人抬頭看，看到它的眼睛張開、閉上，它的光似乎能企及他們坐的那個通風的、充滿陽光的花園。

但是他阻止他自己。每當他說「他們」或「一個人」，然後開始聽到某個人走過來走過去的沙沙聲、玎璫聲時，他就變得對任何可能在房間中的人的存在非常敏感。現在是他的父親。緊張加劇了。因為再一會兒如果還沒有風，他的父親就會合起書，說：「現在是怎麼回事？我們幹嘛在這兒閒蕩？」就像從前有一次在臺階上他將他的刺向著他們，她變得全身僵硬，當時如果有一把斧頭、刀，或任何尖的東西，他一定會抓起來刺向他的心臟。她變得全身僵硬，然後她的手臂鬆開了，他感覺到她不再聽他說話，她站起來走開了，留下他一個人在那兒，無助地、荒謬地坐在地板上抓著一把剪刀。

一絲風也沒有。海水在船底下潺潺流著，三四隻青花魚在一小潭蓋不住它們身子的水中拍動著尾巴。雷姆塞先生（詹姆士幾乎不敢看他）隨時都可能會驚醒，合上他的書，說難聽的話；但是這一刻他在讀書，所以詹姆士偷偷地（好像光著腳偷偷下樓，害怕木板的吱吱聲會驚醒看門的狗）想著她像什麼樣子，她那一天去那裡了？他開始跟著她走，從一個房間跟到另一個房間，直到最後他們來到一個好似很多瓷盤反射出藍光的房間，她在跟一個人說話；他聽她說話。她在跟一個僕人說話，想到什麼說什麼。「我們今晚需要一個大盤子。那個藍色的盤子在那裡？」只有她說的是真理；他只能對她一個人說。那也許就是她對他永遠有吸引力的原因；一個人只有在面對她時才能想到什麼說什麼。但是在他想到她的時候，他一直意識到他父親在跟蹤著他的想法，籠罩著他的想法，使它顫抖、搖晃。

最後他停止思考；他坐在那兒，在陽光下，手放在舵柄上，看著燈塔，沒有力氣移動，沒有力氣揮走這些一個接一個罩在他心頭上的痛苦。一根繩子似乎將他綁在那兒，他的父親將繩子打了結，他只能拿刀子砍它才能逃走……但是這時候帆緩緩地擺動起來，緩緩地張滿，船似乎搖晃了一下，然後像在辦睡夢中開始划動，然後它完全醒來，在波濤上飛駛而去。這真是極大的紓解。他們所有人好像又彼此分開，變得優遊自在起來，釣魚線緊緊斜靠在船邊上。但是他的父親沒有驚醒。他只神祕地將手抬到半空中，然後讓它落到膝蓋上，好像他在指揮一首神祕的交響曲似的。

X

（海面上連一個斑點也沒有，莉莉．布里斯柯想。她還站在那兒往海灣望去。海像絲綢般延展在海灣之間。距離有一種巨大的力量；她覺得他們被吞噬在其中，他們永遠走了，他們已經變成自然的一部分。它是如此地平靜。汽船消失了，但是一大圈煙霧還懸在空中，然後像一隻旗子般落下，哀悼別離。）

XI

原來鳥就是像那個樣子，康敏想。她又將手指放入波濤中。她從來沒有在海中看過它。它就像那樣躺在海中，中間缺個口，還有兩個峭壁，海水在那兒沖擊著，無止境地延伸在島的四邊。它非常小；形狀像是一片豎起的葉子。我們就這樣駕著一艘小船。她想。她開始對她自己說一個逃離沉船的冒險故事。但是（海水流過她的指間，一束海藻消失在後面）她並不想認真地對她自己說故事；她所想要的是冒險與逃避的感覺，因為當船向前駛時，她在想他父親因羅盤指針生的氣，詹姆士對協定的堅持以及她自己的痛苦一一退去、流過。那麼接下來會是什麼呢？他們要去哪裡呢？從她深入海水冰冷的手中噴出一道喜悅之泉，那是因變化，逃避與冒險而起的喜悅（她會活下去，她會在那兒）。這突然、無意間而起的喜悅之泉的水珠四處散落在她的心中黑漆、昏睡中的形體上；那是一個尚未實現的世界的形體，但是在黑漆中綻放著一絲光芒；希臘、羅馬、君士坦丁堡。雖然那島很小，形狀像一片豎起的葉子，金光閃閃的海水在它四面流動，但是，她想，它在這宇宙中還是有一席之地——即使是那小小的一座島？她想書房中的老紳士應該能夠告訴她。有時候她故意從花園漫步進去聽他們談話。他們在那兒（也許是卡米凱爾先生或班克斯先生，他們因年老身子僵硬）面對面坐在他們的矮扶椅上。她從花園進來時，他們正在噼哩啪啦翻動一堆罷在他們前面的泰晤士報，他們在談某個人說到關於耶穌基督的某句話；在倫敦一條街上挖出一頭巨象的骨骸；拿破崙大帝是什麼樣子？然後他們用乾淨的手抓住報紙（他們穿著灰色的衣服；他們身上有皮革的氣味），然後他們一起輕輕碰觸紙頁，一頁頁翻過去，交叉著膝蓋，不時說些很簡短的話。她會心神恍惚的從書架上拿下一本書，站在那兒，看她的父親寫字，均勻工整的從一邊寫到另一邊，有時小小咳嗽幾聲，或是跟對面的老紳士簡短交談幾句。站在那兒，書打開著，她想在這兒一個人可以讓他所有的想法像一片葉子在水中伸展；如果在這些抽著菸，翻著泰晤士報的老紳士之間它伸展得好的話，那麼它就是對的。看著她父親在書房中寫字，她想（現在坐在船中）他是最令人敬愛的，他是最明智的；他不傲慢，也不是暴君。實際上，如果他看到她在那兒讀著書，他會輕聲地問她是不是需要什麼東西。

為了證明這是真的，她抬頭看他讀著那本封面像斑駁鷸蛋的那本小書。的確，這是真的。她想要大聲對詹姆士說：看他現在的樣子。（但是詹姆士盯著帆看。）詹姆士會說：他是個尖酸刻薄的野獸。詹姆士會說：他總是把話題集中在他自己跟他的書本上。他的自負不能忍受。最糟的是他是個暴君。但是，她說，你看！她看著他。現在看看他。她看他蜷曲著腿讀那本小小的書；她知道那本小書的幾頁發黃，上面寫些什麼她不知道。它很小；字印得很擠；她知道他在蝴蝶頁上寫他花了十五法郎吃晚餐；酒很多；他給了侍者很多錢；所有這些都工整地寫在書頁底下。但是她不知道這本大小適合他口袋的書裡頭寫些什麼。他們也不知道他在想什麼。他全神貫注其中，所以當他抬頭看時（就像他現在抬起頭看一下子），他並不是要看什麼東西，只是要更確定一個想法。確定之後，他的心又回到書本，於是他又低頭讀書。她覺得他閱讀的樣子好像在指揮什麼東西，或是載運一大群羊，或是在一條很窄的小徑上一直前進；有時候他走得很快、很直，像在灌木叢中撥路前進；有時候似乎一根樹枝撞到他，一叢灌木使他看不到路，但是他不讓自己被擊倒；他繼續往前走，一頁翻過一頁。她繼續告訴她自己一個逃離沉船的故事，因為當他坐在那兒時她覺得安全；就像她從花園溜進書房，拿下一本書，老紳士們突然放低報紙簡短地談論拿破崙的性格時她所感覺到的安全。

她回頭凝視海面，凝視那個島。但是那葉子失去了它的尖銳。它非常小；它非常遠。海現在比海岸更重要。波濤在他們四周起伏著，一根木頭滾下，一隻海鷗在上面飛翔。她手指戲著水，心想：大約就是這兒，一艘船曾沉下；她夢囈般地低語；我們各自孤單地滅絕。

XII

這麼多事都因「距離」而起變化，莉莉．布里斯柯想。她看著海，海上幾乎沒有一個斑點，海面如此柔軟，帆與雲似乎都溶在它的藍色中。她想：這麼多事都因距離而有所變化：

人們是離我們近或遠；因為當雷姆塞先生的船在海灣中駛得愈來愈遠時，她對他的感覺改變了。距離似乎延長了、拉長了；他似乎變得愈來愈遙遠。他與他的孩子似乎被吞噬在那藍色的距離中；但是在這兒草地上，靠近她的卡米凱爾先生突然咕嚕一聲。她笑起來。他從草地上抓起書。他坐回他的椅子，像個海中怪物似乎地吐著氣。那完全不同，因為他這麼接近。現在一切又安靜下來。她想他們這時候一定起床了。她看看屋子，但是沒什麼動靜。但是接著她想起來他們總是在吃完飯後就走掉去辦他們自己的事。它跟這清晨的平靜、空虛與不真實非常協調。事物有時就是這個樣子，她想。她遲疑了一下，然後看看發亮的長窗子與一束藍色的炊煙：它們變得不真實。如此從一次旅行回來，或在一次病痛後回來，在日常習慣纏繞住表面之前，一個人感到那種同樣的不真實，它是如此令人驚駭；感到某樣東西出現。在那時刻生命是最為活潑的。一個人可以優游自在。一個人大可不必越過草地跟出來找個角落坐下的老貝克維斯太太輕快地說：「啊，早安，貝克維斯太太！多麼美的一天！你有膽量坐在陽光下嗎？傑斯白把椅子藏起來了。讓我來替你找一把！」其餘的閒聊也免了。一個人根本不必說話，可以滑翔，可以在萬物之間或超越萬物而搖動著帆（海灣裡活耀起來，很多船出海了）。海並不空虛，它滿盈了。她似乎站立起來，站在某種實體之上，在其中移動，浮游、沉下，是的，因為這些水無比地深。這麼多生命落入其中。雷姆塞夫婦；孩子們；以及所有各種的流浪者與漂泊者。一個帶著籃子的洗衣婦；一隻烏鴉；一根火紅的撥火鐵棒；花朵的紫與灰綠；某種共通的感覺結合了整體。

也許就是這種完整的感覺，使她十年前站在幾乎就是她現在站的地方時，說：她一定是愛上這個地方了。愛有一千個形體。也許有某些愛人，他們的天賦是挑出事物的各種本質，將它們聚合在一起，給予它們生命中所未具備的一種整體，然後賦予某一景或人們某一次的會面（現在所有都不見了，分離了）；那些渾圓一體的事物，思想在這些事物上駐留，愛在這些事物上展開。

她的目光停留在雷姆塞先生帆船的棕色斑點上。她想他們會在午餐時間前到達燈塔。但是風變強了，而且當天色與海面微微地改變，船隻改變它們的位置，剛才似乎極為穩固的景象現在變得無法令人滿意了。風已將炊煙吹散開來；船隻的配置看來令人有些不悅。

海上的不均衡似乎擾亂了她心中的某種調和。她感覺到隱隱的不快。當她回到她的畫時，這種感覺更強了。她一直都在浪費她的早晨。不知什麼原因，她就是無法取得那兩種相反力量之間剃刀邊緣的平衡；雷姆塞先生與畫；那平衡是必須的。是不是構圖有什麼地方錯了？她想會不會是牆的線條需要去掉，或是樹的面積太大了？她不禁苦笑；她開始的時候不是以為她已經把問題解決了嗎？

那麼問題在哪裡？她一定要想辦法抓住那從她心中溜掉的東西。它在她想到雷姆塞太太時溜走了；她現在想著她的畫時，它還是在閃避她。語句來到她面前。景象來到她面前。美麗的圖像。美麗的語句。但是她想捕獲的是那神經上的顫動，那還沒有被變成任何東西的東西。抓住它然後重新開始；找到它然後重新開始；她狂亂地說，她在她的畫架前站著不動。她想：人的繪畫與感官器官真是個不中用的、糟透了的機器；它總是在緊要關頭失靈；一個人要英勇地堅持下去。她看一看，皺皺眉頭。樹籬在那邊，沒錯。但是急切地要求是什麼也得不到的。注視牆的線條（或是想——她戴著灰帽）只會使人的眼睛閃亮一下。她想：任它去吧，它能來就來。因為有時候人既無法思考也無法感覺。那麼，她想，要是一個人不能思考又不能感覺，到底在哪兒呢？

她在這草地上思考；她坐下，用她的畫像觀察一小叢車前草。因為這草地很不平整。在這兒，她坐在這世界上思考，因為她不能擺脫一個感覺：這個早晨每一件事都是第一次發生，也可能是最後一次發生；就像一個旅人，即使他半睡半醒，看著火車窗外，他也知道他現在必須要看，因為他將來無法再看到那城鎮、那騾車，或那在田野工作的女人。草地就是世界；她想：他們都在這兒聚集，在這隆起的地方；她看著卡米凱爾先生，他似乎（雖然他們一直沒說一句話）也跟她有同樣的想法。她也許無法再見到他。他年紀大了。她也想起（她朝他腳邊搖擺的拖鞋微笑）他變得出名了。人們說他的詩「如此地美」。他們收集並出版他四十年前寫的東西。現在有一個有名的人叫作卡米凱爾；她微笑，她想到一個人有如何多的形體，他在報紙中是那個樣子，而在這兒他卻還是他的老樣子。他看起來沒什麼改變——

只是頭髮更灰白了。是的，他看起來還是跟從前一樣，但是她想起來有人曾說，當卡米凱爾先生聽到安德魯·雷姆塞的死訊（他被砲彈擊中立即死了；他要是不死，會是個傑出的數學家），他「喪失了所有對生命的興趣」。那是什麼意思？她想知道。他握著一根大手杖走過特拉法加廣場嗎？還是他單獨坐在聖約翰森林他的房間中，不停地翻動書頁，卻不讀它們？她不知道他聽到安德魯死訊時做了些什麼，但是她在他身上感覺到他所做的事。他們只在樓梯上喃喃對話幾句；他們抬頭看天，說天氣會好或是不好。但是，她想，這是一種了解人的方式；了解大概，而不是細節，坐在花園中看山坡一脈的紫色連接到遠處的石南。她是以這種方式了解他。知道他有了某種改變。她從來沒讀過他的一行詩。但是她想她了解它緩慢的節奏與宏亮的音響；它緩和而且圓熟；它是關於沙漠與駱駝；它是關於棕櫚樹與夕陽；它極端地客觀；它談到關於死的事；它很少談到愛。他有一種孤高的氣質。他不想與他人有什麼接觸。他不是常常手臂下夾著報紙笨拙地、偷偷摸摸地穿過客廳的窗戶，想要躲避雷姆塞太太嗎？不知什麼原因他就是不太喜歡雷姆塞太太。當然，正是因為那緣故，她總會試圖要他停住。他會向她鞠躬。他會不太情願地停下，深深地向她鞠躬。因為惱怒他不想從她身上得到任何東西，她會問他（莉莉能聽到她的話）他不需要一件外套、一張毯子、一份報紙嗎？不，他什麼都不要。（這時他鞠躬。）他不太喜歡她的某種特質。可能是她的專橫、她的武斷、她的實際。她是如此地直接。

（一陣噪音使她的注意力轉向客廳的窗戶——鉸鏈發出吱吱聲。微風在跟窗戶戲耍。）

莉莉心想一定有人不喜歡她（是的；她明白客廳的臺階是空的，但是它對她完全沒有影響。她現在不需要雷姆塞太太。）——有人認為她太自信、太激烈。而且她的美貌可能也會使人不高興。他們會說：多麼單調，永遠都是一個樣子！他們喜歡另一個類型——黑暗的、有活力的。而且她對她的丈夫太軟弱了。她讓他大吵大鬧。而且她太保留。沒有人清楚她發生了什麼事。而且（回到卡米凱爾先生與他的厭惡）一個人無法想像雷姆塞太太站著畫畫，躺著讀書，一整個早晨在草地上。那是無法想像的。她一句話也不說就到城裡去了（唯一的標誌就是她手臂上的籃子），到窮人那兒去，坐在某個不通風的小臥室裡。莉莉經常看到她在某個遊戲、某個討論中走掉，她的手臂上掛著籃子，身體挺得直直的。她注意到她回來。她笑她茶杯擺得這麼整齊，她的美貌使人屏息，使她動容。她想：在痛苦中閉上的眼睛看到了妳，妳到他們那兒去了。

還有雷姆塞太太會因有人遲到，奶油不新鮮或茶壺打破而惱怒。而當她在說奶油不新鮮的時候，一個人會想到希臘的神殿，以及美人曾經在某個不通風的小臥室。她從來不談那件事——她就是去，準時地去，直接地去。她的本能要她去，像是燕子飛往南方，像朝鮮薊向著陽光，本能使她轉向人類，使她在人的心中築巢。而這就像所有的本能一樣，會使不具備它的人有些不悅；也許卡米凱爾先生就是如此，她自己當然也是如此。他們兩個心中都有一種想法——行動無效用、思想最崇高。她的離去是對他們的一種斥責，給予這個世界一個不同的扭曲，使他們看到自己的偏見不見了。因此他們要抗議，要抓住他們消失的偏見。查爾士．譚斯理也那麼做：那也就是為什麼人們不喜歡他的部分原因。他攪亂了這世界的比率。她悠閒地用畫筆撥弄車前草，心想他不知怎麼樣了。他得到了他的研究員職位。他結婚了；他住在高達格林。

在戰爭期間她有一天去一個演講廳聽他演講。他在指摘某件事情，他在責難某個人。他在宣揚同胞愛。她的感覺是他怎麼可能愛他的同類，一個無法區分這張畫與那張畫的人，站在她的後面抽粗菸草（「一盎斯五便士，布里斯柯小姐」）而且鄭重地告訴她女人不能寫，女人不能畫，並不是他相信這句話，而是因為某種奇怪的原因他希望見到如此。他站在那兒，瘦削，紅潤，聲音沙啞，在講臺上宣揚愛（她用畫筆撥動的車前草中有些螞蟻在爬——紅色的，生氣蓬勃的螞蟻，滿像查爾士．譚斯理的）。在那半空的演講廳中，她在她座位上嘲諷地看他，看著他將愛灌入那帶著寒意的空間，突然間，那在波濤中上上下下的舊桶子還是什麼的又出現了，雷姆塞太太在石頭中找她的眼鏡盒。「天呀！真討厭！又掉了。不必麻煩，譚斯理先生。我每年夏天都要掉一千個。」聽到她這麼說，他將下顎靠緊領子，好像害怕認可這種誇張，但是因為他喜歡她，他可以忍受，還很迷人地對她微笑。在那些長途旅行中的某一次，當人們走開來，各自單獨回去時，他一定是將信賴寄託在她身上。他在教育他的小妹妹，雷姆塞太太告訴她。那是對他極大的讚許。莉莉用畫筆撥弄車前草。她很清楚自己對他的想法很古怪。一個人對別人的想法畢竟有一半都是古怪的。它們符合一個人自己私人的意圖。他對她來說符合了代罪羔羊的角色。她發現自己脾氣不好時會鞭笞他瘦削的腰窩。如果她想認真對待他，必須取用雷姆塞太太的話，透過她的眼睛去看他。

她築了一個小山讓螞蟻在上面爬。她介入它們的宇宙創造它們狂亂，三心二意。有的往這邊跑，有的往那邊跑。

一個人需要五十雙眼睛去看，她想。五十雙眼睛都不足以通盤看透那個女人，她想。在它們之中一定要有一隻眼睛死盯著她的美貌。一個人最需要某種神祕的感覺，像空氣一樣稀薄，用它偷穿過鑰匙孔，環繞住她織東西、說話，單獨坐在窗邊的地方；像舉起汽船的煙那樣占據儲存她的想法、她的想像、她的慾望。樹籬對她有什麼意義？花園對她有什麼意義？當一道破浪沖擊時，它對她有什麼意義？（莉莉抬頭看，就像她看到雷姆塞太太抬頭看；她也聽到一道破浪在海灘上落下。）而當打板球的小孩喊叫：「怎麼樣？怎麼樣？」時，什麼想法在她的心中翻攪顫動？她會停一會兒不織東西。她會定神地看。然後她又會失神，然後雷姆塞先生突然停住腳步，在她面前站定。當他這樣在她面前停住，低頭看她時，某種奇異的震撼會穿過她，而且似乎劇烈地將她搖晃到他的胸前。莉莉能夠看到他。

他伸出手將她從椅子上拉起。看起來好像他從前曾經那麼做過；好像他曾經同樣地彎下腰將她從一艘船上拉起（船停的位置距離島有好幾吋，所以女士們必須由紳士們協助上岸）。那是很老式的一景，它嚴格規定女士必須穿帶襯裡的裙子，紳士必須穿陀螺形的褲子。讓她自己被他扶起，雷姆塞太太想（莉莉假想）時候已經到了；是的，她現在會說。是的，她會嫁給他。而他在海岸上緩慢地、安靜地踏著步子。也許她只會說一句話，她的手仍讓她握著。她可能說：我會嫁給妳；但是不再多說。這同樣的興奮一定有很多次在他們彼此間流過——顯然是如此，莉莉想。她弄平一條路讓螞蟻走。她並不是在編故事；她只是想撫平多年前人家給她的一樣摺疊起來的東西；她看到的。因為在日常生活的粗糙與紊亂中（那些小孩子，那些訪客），一個人一定有一種重複的感覺——一樣東西在另一樣東西落下的地方，製造出一陣回聲，它在空氣中鳴響，使空氣充滿振動。

但是，她想，簡化他們的關係是錯的。她想到他們如何一起走開，她披著綠色的披肩，他的領帶在飄動，他們手挽著手，穿過花房旁邊。那並不是單調的幸福——她有她的衝動與敏捷；他有他的震顫與陰鬱。噢，不。臥房的門清早時會被猛烈地撞開。他會突然發脾氣從桌邊站起。他會將盤子從窗戶丟出去。然後會感覺到整個房子都是門的碰撞聲，百葉窗的拍動聲，好像一陣強風吹過，人們跑來跑去，匆匆忙忙將門窗關緊，將東西擺好。她有一天在樓梯上遇到保羅．瑞利時就像那樣。他們像小孩子似地笑個不停，因為雷姆塞先生早餐時在他的牛奶中發現一隻小蜈蚣，他就將所有碗盤甩到外頭平臺上。「一隻小蜈蚣，」普璐低聲地說：「在他的牛奶中。」一臉敬畏的表情。其他人也許會發現大蜈蚣。但是他在他的四周築起一道神聖的圍牆，而且以如此的威儀占據這塊空間，所以一隻小蜈蚣在他的牛奶中已經是怪物了。

但是颼颼飛的盤子與砰然作響的門令雷姆塞太太疲倦，令她有點恐懼。而且在他們之間有時候會有長時間僵硬的沉默，這時候她的心半是憂愁，半是憤恨（這種樣子會令莉莉不快），她似乎無法平靜地戰勝這場暴風雨，或是像他們一樣大笑，但是在她的疲倦中她似乎隱藏了什麼東西。她靜默地坐著沉思。過了一段時間他會鬼鬼祟祟地在她待的地方徘徊——在她坐著寫信或談話的窗戶下遊蕩，因為當他經過時她會刻意使自己忙碌，逃避他，裝作沒看到他。然後他會變得像絲般溫柔、可親，試圖以此贏得她得注意。這時她仍然會保持冷淡，她會維持一會兒她的美貌所應帶給她的驕傲與架式（其實她並沒有）；她會轉動她的頭；她會這樣回頭看看，而通常明黛，保羅或威廉．班克斯會在她旁邊。最後，那隻饑餓的狼犬會站在這一群的外頭（莉莉站起來離開草地，站著看臺階、窗戶，她就在那兒見到他），他會叫她的名字，只叫一次，就像雪地裡的狼只吠一聲，但她還是不理他；然後他會再叫一聲，這一次他聲調中的某種感覺會喚起她，她會突然離開他們走向他，他們會一起走開，在梨樹、甘藍菜與覆盆子花圃走著。但是會是什麼樣的態度，講什麼話呢？他們的關係中有如此的尊嚴，因此她與保羅、明黛會轉身走開，藏起他們的好奇心與不舒服，開始摘花、丟球、聊天，直到晚餐的時候，他們又出現了，他在桌子的一頭，她在另一頭，像平常一樣。

「你們有些人為什麼不研究植物學呢？……有那些手腳為什麼你們不去……？」他們會像平常一樣如此與孩子談笑。所有情景都會像平常一樣，除了一些震顫，像在半空中抖動的劍，會來到他們之間，好像在他們共同度過梨樹與甘藍菜之間的時刻後，小孩子如往常一樣圍坐在他們的湯盤前的景象會在他們的眼前鮮活起來。雷姆塞太太（莉莉想）尤其會刻意看普璐一眼。她坐在中間，在她的兄弟姐妹之間，她似乎總是如此心神不定，看到沒有什麼不對，她幾乎一句話都不說。普璐一定為牛奶中的小蜈蚣大為自責！雷姆塞先生將他的盤子丟出窗戶時，她的臉色是多麼蒼白！在他們之間長時間的沉默中她是如何地抑鬱不振！無論如何，她的母親現在似乎想補償她；要她確信一切都很好；向她保證有一天她也會擁有這樣的快樂。然而她享受了不到一年這樣的快樂。

她讓花從她的籃中落下，莉莉想。莉莉瞇起眼睛往後退，好像要看她的畫，但是她並沒有用手碰它。她所有的心神都處於恍惚中，表面上冰凍起來，但是底下卻暗潮洶湧。

她讓她的花從她的籃中落下，讓它們散落在草地上，然後猶豫地，不情願地，但是沒有懷疑沒有抱怨（她不是有服從完美的天性嗎？）跟她去了。在原野上，山谷中，白色的，花落繽紛的——那就是她要畫的。山很險峻。岩石很多，很陡峭。下面波濤打在石上的聲音聽來粗嘎。他們三個一起去了，雷姆塞太太走在前面，走得很快，好像她預期在街角見某個人。

突然間，她注視的窗戶因為後面某樣淡色的東西使它顏色變淡了。最後有人走近客廳；有人坐在椅子上。老天爺保佑，她但願他們坐在那兒別動，別跑出來跟她說話。幸好屋裡的人沒動；而且投射到臺階上一個奇怪形狀的三角形影子。它有些改變畫的構圖。它很有趣。它也許有用。她的情緒又回到她身上。一個人一定要繼續注視，不可有一秒鐘鬆懈情緒的強度，決心不可被拖延，不可被欺騙。一個人一定要緊緊抓住這場景，不可讓任何東西跑進來破壞它。她刻意地將畫筆浸到水中，她想：一個人要與平常的經驗保持水平，只要去感覺那是一把椅子，那是一張桌子，但同時它又是奇蹟，它是狂喜。問題也許終究可以得到解決。啊，但是發生了什麼事呢？一道白色的光橫過窗玻璃。風一定吹動了房間裡的荷葉邊。她的心撲向她，抓住她，折磨她。

「雷姆塞太太！雷姆塞太太！」她喊叫，她感覺從前的恐怖又回來了——想要卻得不到。她還能給予那種打擊嗎？然後，平靜地，好像她克制住，那也變成了平常經驗的一部分，與椅子、桌子擺在同一個水平。雷姆塞太太——對莉莉來說也就是她完美至善的一部分——坐在那兒椅子上，來回地穿梭她的針線，織她棕紅色的襪子，她的影子投射道臺階上。她坐在那兒。

好像她偶什麼東西要分享，但是卻離不開畫架。她的心充滿她的思緒，她看到的景象。

莉莉走過卡米凱爾先生，她握著的畫筆面向草地的邊緣。船現在在哪裡？雷姆塞先生？她需要他。

XIII

雷姆塞先生快讀完了。他的一隻手在書頁上守著，好像準備讀完的那一刻就將它翻過去。他坐在那兒，風吹動著他的頭髮，他極度地暴露出自己。他看起來很老。詹姆士想（他的頭一會兒面向燈塔，一會兒面向奔往無垠大海的波浪）：他看起來像沙灘上的老石頭；他看起來好像在肉體上變成那在他們兩人心靈背後的東西——孤獨——對他們兩人而言都是事物的真理。

他讀得很快，好像他想趕快讀完。事實上他們現在已經很接近燈塔了。它矗立在那兒，僵硬而直挺，閃耀著黑白相間的顏色，一個人可以看到波浪像玻璃碎片一樣拍打在岩石上。一個人可以看到岩石上的線條與皺摺。一個人可以清楚地看到它的窗戶；其中一扇上面抹著一片白色，有塊岩石上有一小簇綠色。有一個人走出來透過玻璃窗看他們，然後又走進去。原來它就是這個樣子，詹姆士想。一個人這麼多年從海灣那頭眺望的燈塔來原來就是這樣；一塊光禿岩石上直挺的尖塔。它使他滿意。它證實了他對自己人格的一些模糊的感覺。他想到家裡的花園，他想那些老婦人拖著椅子在草地上走動。例如老貝克維斯太太總是說它有多好，多甜美，說他們應該如此驕傲，應該如此快樂，但是事實上（詹姆士看著燈塔立在岩石上，心裡想）它是像這個樣子。他看看兇猛地讀著書的他父親，他的雙腿緊緊盤著。他們兩人都知道。「我們駛在狂風中——我們一定會沉下。」他開始對自己說，稍微大聲地說，就跟他父親說的口氣一樣。

似乎好久都沒人說話了。康敏看海看厭了。一小片一小片的黑色浮標從旁邊浮過；船底的魚都已經死了。她父親還在讀書，詹姆士看著他，她看著他，他們發誓要抵抗暴政至死，而他繼續讀著，不知道他們心中的想法。他就是這樣逃避的，她想。是的，高額頭、大鼻子，緊緊抓著他小小斑駁的書，他這樣逃掉。你也許想伸手抓他，但是他像一隻鳥展開他的翅膀，飛到遠遠的一株殘幹上棲息。她凝視無垠的大海。島已經變得小到不再像一片樹葉了。它看起來像一陣大浪就能淹沒的石尖。但是在它的脆弱中含有所有那些路徑，那些平臺，那些臥室——所有那些數不清的東西。但是就像睡眠前事物會簡化它們自己，使得所有這些無數的細節中只有一個有力量肯定它自己，所以，當她昏昏欲睡地看著島時，她感覺所有那些路徑、平臺與臥室都在褪色、消失，除了在她心中一個暗藍色的香爐在有規律地左右搖曳外，什麼也沒留下。那是一個懸著的花園；那是一個山谷，滿是鳥兒、花與羚羊……她慢慢睡著了。

「來。」雷姆塞先生突然合上書說。

來哪裡？作什麼特別的冒險？她驚醒過來。在某個地方登陸，爬上某個地方嗎？因為在他長久的沉默後，他的話驚動了他們。但那是荒謬的。他說他餓了。是吃午餐的時候了。而且，他說：看。燈塔在那兒，「我們快到那裡了。」

「他做得很好，」麥卡里斯特稱讚詹姆士說：「他將船控制得穩。」

但是他的父親從來不稱讚他，詹姆士冷酷地想。

雷姆塞先生打開包裹，在他們之前分配三明治。現在他很快樂，跟這些漁人一起吃麵包與乾酪。詹姆士看著他用小刀將黃色的乾酪切成細條狀，他想他會喜歡住在一個小木屋中，在海港中漫步，與其他的老人一同吐痰。

這是對的，就是這樣，康敏剝著她煮得太熟的蛋時一直感覺如此。現在她覺得她就像在書房中，老人們讀著（泰晤士報）。她想：現在我可以繼續想我心中要想的，我不會掉下懸崖或淹死，因為他在那兒看著我。

在這同時他們正很快地從岩石邊駛過，很令人興奮——他們似乎同時在做兩件事；他們在這兒太陽下吃著午餐，同時他們也在船難後巨大的暴風雨航向安全。水夠喝嗎？食物夠吃嗎？她問她自己，她告訴自己一個故事，但同時她又知道真實的情況。

他們很快就可以下船了，雷姆塞先生對老麥卡里斯特說；但是他們的孩子會看到一些奇怪的事情。麥卡里斯特說他三月時滿七十五歲；雷姆塞先生七十一歲。麥卡里斯特說他從沒看過醫生；他從沒掉過一顆牙。那就是我希望我的孩子活的方式——康敏確信她的父親在這麼想，因為他阻止她丟一塊三明治到海中，他告訴她（好像他在想著漁人與他們的生活方式）如果她不想吃，她應該把它放回包裹中。她不應該浪費它。他說得如此有智慧，好像他明瞭所有世上發生的事情，所以她立刻將它放回去，然後他從他的包裹中給她一塊薑汁餅乾，好像他是個優秀的西班牙紳士（她想），在窗口遞一朵花給一個女士（他的儀態是如此謙恭）。但他又是如此寒酸、卑賤，吃過麵包與乾酪；但他又帶領他們作這偉大的遠征，而她知道他們會淹死在那兒。

「那就是她沉下去的地方，」麥卡里斯特的兒子突然說。

「有三個人在我們現在這個地方淹死，」那老人說。他親眼看到他們緊抱著船桅。雷姆塞先生往那兒看了一眼，詹姆士與康敏很害怕他爆出那句話：

但是我在更洶湧的海濤下，

如果他爆出這一句話，他們就再也不能忍受了；他們會高聲尖叫；他們不能再忍受在他心中沸騰的另一次熱情的爆炸；但是令他們驚訝的是他只說了一聲「啊！」好像他自己在想：何必大驚小怪呢？很自然地，人在暴風雨中會淹死，但那是一件完全直截了當的事，而且海再怎麼深（他將他三明治的碎屑抖落到海中）也還是水呀。他點起菸斗，拿出他的錶。他仔細地看它；他好像在計算什麼。最後他得意地說：

「做得好！」詹姆士像是一個天生的水手。

這就是了！康敏無聲地對詹姆士說。你終於得到了。因為她知道這就是詹姆士一直想要得到的，而且她知道他現在已經得到了，他很高興，他不會再看她、他父親或任何人。他直挺地坐地那兒，一隻手放在舵柄上，看來有些陰鬱，微微皺著眉頭。他如此高興，不願讓任何人取去他一點點的喜悅。他的父親已經稱讚了他。他們一定會想他根本不在乎。但是你得到了它，康敏想。

他們已經改變方向，迅速地往前行駛礁石旁，搖擺的長浪輕快活潑地將他們從一個浪頭傳到另一個。左邊有一排棕色的岩石露出在水面上，它們的顏色逐漸變淡，變成較綠的顏色。在一塊較高的岩石上，波浪不停地拍打著，噴出一道道的水珠如雨般落下。一個人可以聽到水的拍擊聲，水珠落下的劈啪聲與一種波浪滾動、躍進、拍打岩石所發出的嘶嘶聲。波浪好像狂猛的野獸，完全自由地永遠這樣翻轉、滾動、戲耍。

現在他們可以看到燈塔上有兩個人在看著他們，準備迎接他們。

雷姆塞先生扣起他外套的鈕扣，捲起他的褲子。他拿起南西準備好的、七零八亂的大牛皮紙袋，將他放在膝蓋上。如此完全準備妥當登陸之後，他坐著回頭看那個島。他的老花眼也許能使他清楚地看到縮小的樹葉形狀豎在一個金色的盤子上。他能看到什麼呢？康敏很好奇。她眼中一片模糊。他現在在想什麼？她也很好奇。他這麼堅持、專心，沉默地尋找的是什麼？他們兩個都看著他，他沒戴帽坐著，膝蓋上放著紙包，凝視著那脆弱的藍色形體（它像是一個東西燒光了所發出的煙）。你要什麼？他們兩個都想問。他們兩個都想說：跟我們要任何東西，我們會給你。但是他沒有跟他們要什麼。他坐著看著那個島，他也許在想：我們各自孤單地滅絕，或者他也許在想：我已經到達燈塔了。我找到它了，但是他沒說什麼。

然後他戴上他的帽子。

「拿那些包裹。」他說，頭指著那些南西準備好讓他們送到燈塔的東西。「給燈塔的人的包裹。」他說。他起來站在船頭，高高的、直挺著身子，很像在說：「沒有上帝，」（詹姆士想），好像他要躍入空中（康敏想）。他們兩個站起來跟隨他，他像個年輕人似的抓著他的袋子跳到岩石上。

XV

「他一定已經到達了。」莉莉．布里斯柯大聲地說。她突然覺得好疲累。因為燈塔已經幾乎看不見，已經溶入一團藍色的薄霧，而看它所費的努力與想像他在那兒登陸所費的努力（這兩者似乎是一樣的）已經使她身心俱疲。啊，但是她得到了撫慰。她終於給了他他早晨離開她時她所想要給他的東西。

「他已經登陸了。」她大聲地說。「結束了。」這時老卡米凱爾先生龐大的身軀站起來，輕輕地喘著息，站在她旁邊，像一個古老的異教之神注視著，他的毛髮濃密，頭髮上夾著草，手裡拿著三叉戟（其實只是一本法國小說）。他跟她站在草地邊緣上，他龐大的身軀微微搖動著，用一隻手遮住他的眼睛說：「他們就要登陸了。」而她覺得她說對了。他們不需要說話。他們在想同樣的事情，她不需要問他任何話，他已經回答她。他站在那兒，伸開手遮住人類所有的虛弱與痛苦；她想他在容忍地、憐憫地考量他們最終的命運。現在當他的手緩緩落下，她想他已完成這件大事了。她似乎看到他讓一團紫羅蘭與水仙花從他龐大的身軀落下，它們緩緩地擺動著，最後落到地面上。

很快地，她好像想起什麼似地轉向她的畫布。它在那兒——她的畫。是的，上面有綠色、藍色、交叉的線條，它想要表達的某種東西。它會被掛在閣樓，她想；它會被毀壞。但是有什麼關係呢？她問她自己，她再度拿起她的畫筆。她看看臺階；它們是空的；她看看她的畫布；它模糊了。突然間一陣強烈的情緒，好像她一下子看清楚了，她在中間畫了一條線。好了；它完成了。她極度疲憊地放下她的畫筆。是的，她想，我已經見到了我的景象。

重讀《燈塔行》

馮品佳

英國的《衛報》（*the Guardian*）在二〇〇二年刊登了加拿大作家瑪格麗特・愛特伍（Margaret Atwood）的一篇短文，文中愛特伍回顧她十九歲時第一次閱讀《燈塔行》的不解與不耐。她直言看不出到底雷姆塞太太有何迷人之處，也不明白為何大家要容忍雷姆塞先生的專橫，更不瞭解莉莉為何一味自我貶抑。四十三年之後，當時已年逾耳順的愛特伍在自己的度假小屋中重新挑戰閱讀《燈塔行》，發現小說裡一切「完全到位」。愛特伍的結論是有些書必須要等到自己準備好的時候才能讀得通。的確，在人生各個階段對於文學作品的體悟必然有所不同，特別是多層次、有深度的作品，而《燈塔行》即是這樣的文本。吳爾芙在四十五歲出版了這本二十世紀現代主義文學的經典之作，一直吸引著後世的讀者試圖探究其中真義。她年逾不惑時所看到的願景對於現代讀者能有什麼啟發呢？

《燈塔行》和在這本小說兩年之前出版的《戴洛維夫人》（*Mrs. Dalloway*, 1925）可謂姊妹之作。《戴洛維夫人》以女主角在倫敦準備晚宴的一天行程為軸心，牽引出戴洛維夫人的生命經驗以及第一次世界大戰的創傷等等主題，甚至有女女情誼的潛藏文本。《燈塔行》是以度假海島為背景，時間軸線雖然包含十年的時光，但是小說中主要角色真正的行動時間卻是只有兩日，一是第一部分〈窗〉中雷姆塞太太與周遭人們互動的一天；另一個部分是第三部分〈燈塔〉中的一天行程，交互呈現雷姆塞先生帶著一對兒女登陸燈塔小島與莉莉試圖完成十年前未完成畫作。兩本小說相似之處，除了都有晚宴場景，都是以女性意識為主，並且透過意識流的書寫手法串聯起不同角色的內心情境之外，最重要的是無限衍伸與擴展有限的時間框架，透過幾個角色的人生經驗探索永恆的藝術與精神世界，將浪漫主義詩人布雷克（William Blake）「一沙一世界」的詩句意涵發揮到極致。

因此，《燈塔行》情節看似簡單，但是卻有層出不窮的詮釋可能，例如將燈塔視為人生啟蒙與光明的象徵，將小說中的雷姆塞先生及夫人當成吳爾芙父母的化身等等。每一種讀法都有其依據，這也說明了《燈塔行》豐富的多義性。筆者在三十多年後重讀這本小說，最為有感的是雷姆塞夫婦的互動模式以及莉莉的藝術家成長故事，因為這兩個面向最具有時代色彩、卻也最能反映普遍的社會現象與人類故事，同時具有獨特性與普遍性，因此最能表現吳爾芙卓越的文學造詣。

雷氏夫妻在表面上分別代表「男性智力」與母性象徵。第三人稱的敘事者半帶諷刺提到哲學家雷姆塞卓越的心靈已經到達Q級，而他衷心渴望此生可以晉升至R級。這Q與R在二十六個字母的排序屬於達中後階段，看似崇高，卻又不上不下，恰可說明雷姆塞為何對於自己的聲名極其憂心，也因而不斷需索同情，也希望從旁人尊崇的眼光中重新換得自信。相對而言，雷姆塞太太即使年已半百，膝下有八個孩子，卻對於自己的外貌及吸引力從不懷疑。她與丈夫之間的互動最戲劇化的一幕是雷姆塞因為自己陷在Q而無法升級時向妻子尋求同情。在六歲的小兒子詹姆士目擊下，雷姆塞太太如同盛開的玫瑰提供了丈夫所需求的能量。敘事者接著描寫在丈夫心滿意足地離開之後，雷姆塞太太「好像就立刻將自己包了起來，一片花瓣緊靠著另一片花瓣，而整個組織因疲累倒在它自己上面，以至於她祇剩下僅存的力量去移動她的手指，從極度的放縱到疲累，去翻格林童話故事的書頁。同時她全身悸動著，因成功的創造所帶來的狂喜而悸動，如同一個彈簧的震動已擴張到最大的寬度，漸漸地徐緩停止它的震動」（頁五四）。這個玫瑰盛開、瞬間枯竭與共振亢奮的意象應該是他們夫妻之間互動的常態，因此詹姆士的憤恨是有感於父親一再對於母親進行精神掠奪，不僅只是一般的依底帕斯情節作祟。

雖說這一幕可以說是對於雷姆塞太太的一種禮敬，以玫瑰形容她旺盛芬芳的生命力，滋潤著周遭環繞她的人們。另一個方面，雷姆塞太太的反應更值得我們深思。雖然丈夫陰晴不定的脾氣與強烈的需求讓她感到疲倦，但是她也因為對於丈夫的貢獻而得到滿足。吳爾芙並且更深一層的呈現雷姆塞太太內心的想法，讓讀者了解她是如何內化了維多利亞式的父權主義。她心中的不滿不是因為自己能量的耗損，而是意識到丈夫對自己的依賴，不願意周遭的人懷疑丈夫絕對的權威，更不願意看到她自己視為完美的男人有任何瑕疵。對於雷姆塞太太而言丈夫最為重要，即使周邊之人都將她奉為完美的化身，她卻甘願自我貶抑，認為自己能給予這個世界的相形微不足道。家中的食指繁浩，花費日益難以負擔，還有那些「小孩子都看得到的瑣事」、乃至於丈夫學術著作的品質下降，在在都是她不能與丈夫分享的煩惱。透過雷氏夫婦的互動，吳爾芙精準地呈現了二十世紀初期英國中上階層社會的男女關係，這其實是複製千百年以來父權社會的模式，即使是如雷姆塞這樣的知識分子也未能免俗，甚至是以愛智之名更理直氣壯地予取予求。

雷姆塞與人的互動模式在太太去世之後並未改變，在〈燈塔〉中喪妻的他以鰥夫之態向莉莉索求同情。但是莉莉無法像一般女性對於雷姆塞的自憐表演給予適當反應，只能完全靜默地站著，最後尷尬地轉而稱讚雷姆塞的靴子。莉莉雖然自覺自己的缺乏反應「對她的性別來說」是莫大恥辱」（頁一七九），透過這個未婚的藝術家角色，吳爾芙似乎提供了超脫僵化的社會規範的一個途徑。雷姆塞太太時時刻刻都想要替她尋找歸宿；而雷姆塞的的弟子譚斯理更當著她宣稱「女人不能畫，女人不能寫……」（頁六四），反覆打擊莉莉的畫家夢。吳爾芙甚至刻意醜化莉莉，描寫她的小眼睛「像中國人一樣」（頁三〇）。以當時的文化脈絡而言這是極為負面的描寫。吳爾芙不惜使用種族主義的方式營造莉莉的邊緣性，刻意強化莉莉在小說中的特殊社會地位。吳爾芙也著意描寫莉莉對自己的藝術生涯也缺乏自信，總是認為自己的作品最終命運就是遭人束諸高閣。她以紫色的三角形來捕捉雷姆塞太太為詹姆士讀童話書的情景（頁六八），並且努力試著向雷姆塞的科學家朋友班克斯解釋不同色塊形體之間的關係，這幅畫是她對於雷姆塞太太的獻禮，但是苦於始終無法找到平衡畫面的方法。種種不利的外在條件，讓莉莉在小說中幾乎淪為失敗的藝術家。

但是她的獨立精神戰勝了一切阻礙。十年後再訪海島的度假小屋，莉莉一面目擊雷姆塞跟一對兒女在風浪中登陸燈塔小島，一方面終於找到解決色塊關係的方法，小說最後她在畫布「中間畫了一條線」，完成了畫作（頁二三五）。這一條線可以是燈塔的變形，為多年來航向燈塔的旅程做一註腳。這一條線也可以是打破形式僵局的創舉，讓藝術文學得到解放，走向現代主義。許多批評家認為莉莉這一筆石破天驚，她所看到的景象象徵了新藝術與新文學的願景。最重要的是畫作的完成證明了譚斯理性別主義論述的謬誤。女人不但可以畫，女人也能寫，吳爾芙的傳世之作就是最佳例證。而莉莉的畫作和燈塔行都是受到雷姆塞太太的啟發，完全展現了女性的自覺心與主體性。所以即使在小說結尾莉莉看似向雷姆塞屈服，給予他所需求的情感。然而，與其說雷姆塞得到了他想要的同情，莉莉付出的更像是共同完成創舉的革命情感。十年之後雷姆塞家人終於完成了航向燈塔之旅，即使人事全非，依然提供莉莉足夠的力量完成她的藝術家之夢。

愛特伍的短文以〈永恆的女性〉（the indelible woman）為題討論重讀《燈塔行》的經驗。這位令人印象深刻的女性，可以是眾星拱月的雷姆塞太太，也可以是心心念念只為藝術創作的莉莉，更可以是創造出這些角色的吳爾芙。可以確定的是即使歲月不斷流逝，吳爾芙與她筆下的主角們永遠存活在文學的世界中，留下難以磨滅的身影，等待著我們一再重新造訪。

吳爾芙重要大事年表

一八八二年　一月二十五出生於倫敦，本名為艾德琳・維吉尼亞・史蒂芬（Adeline Virginia Stephen）。父親為編輯《牛津國家人物傳記大辭典》（*Oxford Dictionary of National Biography*）的知名學者萊斯利・史蒂芬；母親茱麗亞・史蒂芬是位美人，曾擔任知名畫家的模特兒。

一八九五年　母親突然離世；二年後，姊姊史黛拉也去世，十五歲的艾德琳因此遭受若干次精神崩潰。

一八九七至一九〇一年　於倫敦國王學院受古希臘、拉丁語、德語及歷史教育。

一九〇四年　父親萊斯利・史蒂芬爵士去世之後，她和姊姊溫妮莎遷居到了布魯姆斯伯里（Bloomsbury）；在那結交友人，形成了著名的藝文圈團體「布魯姆斯伯里」。

一九〇五年　開始職業寫作生涯，最初為《泰晤士報文學增刊》撰稿。

一九〇六年　前往希臘旅行，途中哥哥托比染病而去世。

一九〇七年　大姊溫妮莎嫁給同為「布魯姆斯伯里」成員的克萊夫．貝爾。

一九一一年　因為憂鬱症病情搬到英國南部的薩塞克斯療養。

一九一二年　和公務員兼政治理論家雷奧納德．吳爾芙（Leonard Woolf）結婚。

一九一五年　出版第一本小說《出航》（*The Voyage Out*）。

一九一七年　和丈夫合力創辦了「賀加斯出版社」（The Hogarth Press）。

一九一九年　出版第二本小說《夜與日》（*Night and Day*）。

一九二〇年　出版第三本小說《雅各的房間》（*Jacob's Room*）。

一九二二年　認識同性摯友薇塔．魏斯特（Vita Sackville-West）。

一九二五年　出版第四本小說《戴洛維夫人》（*Mrs. Dalloway*）以及評論隨筆《普通讀者》

（*The Common Reader*）。

一九二七年　出版第五本小說《燈塔行》（*To the Lighthouse*）。

一九二八年　出版第六本小說《歐蘭朵》（*Orlando: a Biography*）。

一九二九年　出版由系列演講稿匯集而成的散文集《自己的房間》（*A Room of one's Own*），被視為二十世紀最重要的女性主義文學及女性主義文學批評的經典。

一九三一年　出版第七本小說《海浪》（*The Waves*）。

一九三七年　出版第八本小說《歲月》（*The Years*）。

一九四一年　三月二十八日，她在自己的口袋裡裝滿了石頭之後，於位在羅德麥爾（Rodmell）自宅附近的歐塞河（Ouse River）投河自盡，留下了給丈夫的遺書。她過世後不久，同年七月十七日，最後一本小說《幕間》（*Between the acts*）出版。

不朽Classic

燈塔行（紀念版）

2022年10月三版 定價：新臺幣300元

著者 Virginia Woolf
譯者 宋德明
叢書編輯 黃榮慶
校對 黃馨慈
封面設計 謝佳穎

出版者 聯經出版事業股份有限公司
地址 新北市汐止區大同路一段369號1樓
叢書編輯電話 (02)86925588轉5307
台北聯經書房 台北市新生南路三段94號
電話 (02)23620308
台中辦事處 (04)22312023
台中電子信箱 e-mail:linking2@ms42.hinet.net
郵政劃撥帳戶第0100559-3號
郵撥電話 (02)23620308
印刷者 文聯彩色製版印刷有限公司
總經銷 聯合發行股份有限公司
發行所 新北市新店區寶橋路235巷6弄6號2樓
電話 (02)29178022

副總編輯 陳逸華
總編輯 涂豐恩
總經理 陳芝宇
社長 羅國俊
發行人 林載爵

行政院新聞局出版事業登記證局版臺業字第0130號

本書如有缺頁，破損，倒裝請寄回台北聯經書房更換。 ISBN 978-957-08-5137-3 (平裝)
電子信箱：linking@udngroup.com

國家圖書館出版品預行編目資料

燈塔行（紀念版）/ Virginia Woolf著．宋德明譯．
三版．新北市．聯經．2018年7月（民107年）．
248面．14.8×21公分（不朽Classic）
ISBN 978-957-08-5137-3（平裝）
[2022年10月三版]

873.57 107009528